日本イスラム大戦

I　開戦　2021

森　詠
Mori Ei

戦争とは
互いを知らない者同士の殺し合いであり
それを利するのは
互いを知りながら殺し合わない者たちである

ポール・ヴァレリー

目次

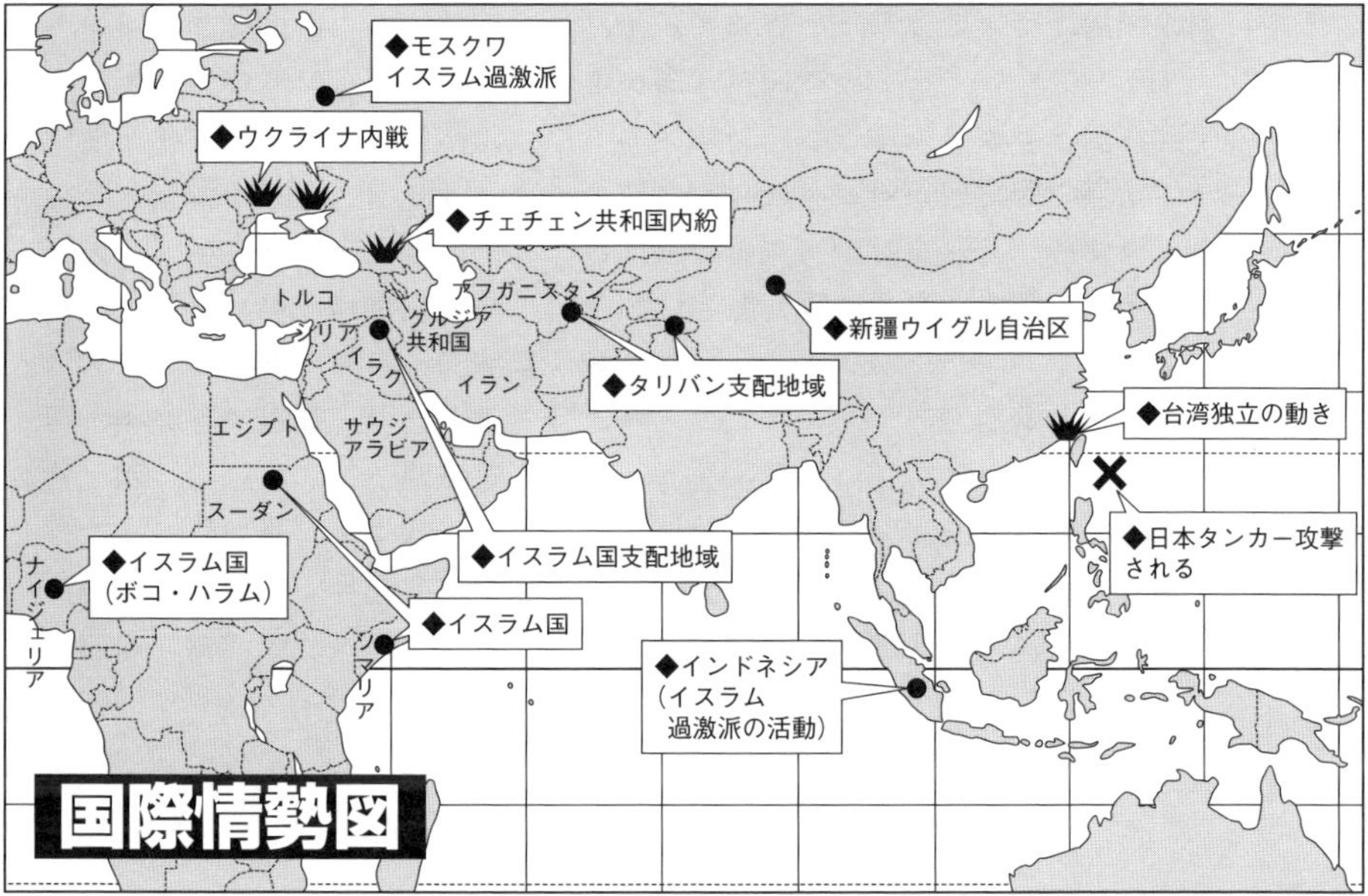

国際情勢図
◆モスクワ
イスラム過激派
◆ウクライナ内戦
◆チェチェン共和国内紛
トルコ
アフガニスタン
グルジア
共和国
シリア
イラク
イラン
◆新疆ウイグル自治区
◆タリバン支配地域
◆台湾独立の動き
エジプト
サウジ
アラビア
スーダン
◆日本タンカー攻撃
される
◆イスラム国支配地域
◆イスラム国
(ボコ・ハラム)
ナイジェリア
◆イスラム国
ソマリア
◆インドネシア
(イスラム
過激派の活動)

序　曲

二〇二一年春。

世界は、依然としてイスラム大動乱の嵐に翻弄されている。

嵐の目は、イラク北部の砂漠地帯に、忽然と出現した幻の「イスラム国」である。

これまで超大国アメリカを筆頭とするキリスト教諸国に虐げられて来たイスラム世界が、溜りに溜まった不満を爆発させ、欧米諸国にリベンジをはじめたのだ。

そもそもの発端は、二〇〇一年九月十一日、九・一一の同時多発テロであった。

9・11。その日を境に、世界は一変した。

激怒したアメリカは報復を誓い、イスラム過激派への対テロ戦争を開始した。

以来、アメリカやイギリスをはじめとするキリスト教諸国は、イラク、アフガニスタンへと軍隊を送り、アルカイダやタリバンなどイスラム過激派を撲滅しようとした。

だが、それはかえって藪蛇だった。イスラム世界の民衆の怒りの炎に油を注ぎ、イスラム過激派をさらに世界に拡散させる結果になった。

イスラム過激派は、アラブ世界の民主化を求める民衆の動きや内戦を巧みに利用しながら、アルジャリア、チュニジア、リビア、ニジェール、エジプト、スーダン、ソマリア、イエメン、ナイジェリア、ケニアなどに勢力を拡げ、欧米へのテロ活動を活発化させた。

一方で、アルカイダ、タリバンよりもさらに過激なウルトラ過激派を生む結果になった。それがイラクやシリア領内に、さらにはアフリカ大陸に蜃気楼のように忽然と出現した超過激なスンニ派イスラム原理主義国家「イスラム国」である。

「イスラム国」は、イスラムの預言者ムハンマドの後継者カリフを名乗る指導者の下、イスラムの教えを守るイスラム国家となっている。

いまでは、イスラム国は「政府」を持ち、宗教省や経済省、国防省などの省庁を備えているだけでなく、宗教裁判所や宗教警察、軍隊までも有している。

イスラム国は、これまでの「国」の概念では理解できない国家となっている。

特徴的なのは、行政府のある首都が定まったところになく、国土もどこからどこまでなのかも分からない。イスラムの民が住んでいるところが国土であり、国の境は定かではない。つまり国境がない。あるのは、イスラムの民が住んでいる点と線の地域だけである。

イスラム国は近代国家以前の遊牧民の国のように見えるのだが、その一方、イスラム国はネットを駆使して、ネットの世界で、自らのイスラム原理主義思想や情報を発信する電子国家の様相も持つ超近代的国家でもあるのだ。

そもそも、イスラム国は、第二次世界大戦後のレジームを否定し、超大国アメリカを頂点とする資本主義国家の世界支配を覆そうというところから始まっている。

その当然の帰結として、帝国主義国の植民地国家の名残りである国境を認めない。イスラム過激派が目指すのは、欧米キリスト教国家が主導する世界秩序を拒否して、イスラムの教えの下、広汎なイスラム世界を統一する「イスラム帝国」を建国することなのだ。

イスラム過激派は、ネットやSNSを駆使して、アラブの砂上に国境も首都もない仮想の帝国「イスラム国」を創った。

イスラム国は、現実社会に閉塞感を抱き、未来に絶望している世界の若者たちを魅きつけた。

世界各国から大勢の若者が陸続とイスラム国に合流し、イスラムに改宗して、超大国アメリカをはじめとする資本主義国家に武力で立ち向かおうとしている。

イスラム国は、シリアのアサド政権と裏取り引きをして、シリア領内での共存を図り、シリア反政府勢力を分断吸収した。

イスラム国は密かにサウジアラビアなど産油国の資金援助を受け、占領したイラク北部の油井《ゆせい》の原油を密売して得た莫大な利益で、武器商人から大量の武器弾薬、軍事車両を購入して、一層の軍事強化を図った。

アメリカやイギリス、フランスなどは事態を危惧するものの、地上軍を派遣すれば、戦争が泥沼化し、イラク戦争、アフガン戦争の二の舞となるのを恐れた。

そのためイスラム国へは、有志連合国による空爆だけに留めざるを得なかった。だが、空爆は誤爆も多く、無辜の民衆に多数の犠牲者が出しており、民衆の反感が強くて、逆効果になっていた。

こうした状況下、これまでイスラム世界とは、宗教的に縁がない、中立的だった日本も、同盟国アメリカやEU諸国の窮状を傍観できず、軍事介入したため、イスラム大動乱の外にいることが出来なかった。

そもそも二〇一四年、日本政府は「解釈改憲」という禁じ手を使い、無理矢理、日本を戦争が出来る国に改変させたことが大きかった。

憲法九条という歯止めを捨てた日本は、国連平和維持軍の名の下に、アメリカや国連の求めに応じて、次々に自衛隊の海外派兵を行ない、自らイスラム大動乱に身を投じたのだった。

こうした事態の背後には、実は巨大な黒い陰謀が渦巻いていたのだが、日本人の多くはまったく気づいていなかった。

そして、二〇二一年五月、ことは始まった。

第一章　前兆

1

チェチェン共和国・西部国境地帯
5月1日　〇二〇〇時

星明かりの下に黒い原野が拡がっていた。原野の先には黒々とした丘陵地帯が続いている。その丘陵の間を何本ものパイプラインが並行して伸びていた。パイプライン沿いの山道を、二台の軍用車両がエンジン音を轟かせて走っていた。ヘッドライトがパイプラインを暗闇に白く浮かび上がらせていた。

チェチェン共和国国境警備隊第3大隊所属のアルファン少尉が率いる分隊は、定時のパトロール任務についていた。アルファン少尉が乗った日本製のジープが先導し、その後から分隊員八名が搭乗したロシア製装輪装甲車がついていく。

国境といっても、それを示す標識はなく、地図上に引かれた境界線にすぎなかった。チェチェン共和国はロシア連邦の一員とされているので、国境を越えるにも、移動許可証や身分証明書さえあれば、パスポートの所持や査証の手続きは必要がない。

この地域の国境警備隊の主な任務は、チェチェン国内を通るパイプラインを護ることだった。

ロシア連邦政府とチェチェン共和国政府、さらに西側石油会社との間で、パイプラインの安全を保障する協約が結ばれており、その見返りとして、チェチェン政府や国境警備隊の幹部は秘密裏に多額のドルを受け取ったという話だった。

だが、そんな上の連中の取引は、アルファンたち警備隊員にはまるで関係がないことだった。日常のルーティン・ワークとして、命令された通りに、受け持ち区間をパトロールし、破壊工作が行なわれないように監視して回るだけのことだ。

アルファン少尉は、ジープの助手席に座り、マルボロの煙を吹き上げた。運転席では伍長が鼻歌混じりにステアリングを握り、ヘッドライトに浮かび上がった車の轍《わだち》を目印に、車を動かしていた。伍長は黒々とした顎髭《あごひげ》の顔をアルファンに向けた。

「この次の休暇は、どうなさるつもりですか?」

「どうするもないさ。グロズヌイに戻って、温かい風呂に入り、ウォッカでもやりながらのんびり過ごすつもりだ」

「グロズヌイですか。あそこには可愛い娘がごまんといるからなあ。うらやましい」

「伍長は?」

「俺は家に帰りますよ。恐い女房のご機嫌を取らねばならないし、息子たちも俺の帰りを首を長くして待っているんで」

「伍長はそういうけど、前の休暇にも、帰らないで、町に女を買いにいったという噂ですよ。ほんとうは、どうなんですか？」

後の席から通信兵の若い兵士がからかうようにいった。

「おまえ、女房の回し者か？　俺の行状を嗅ぎ回って」

アルファン少尉はふと前方の暗がりに何かが光ったような気がした。

「待て！　止まれ」

アルファン少尉は伍長に声をかけた。伍長は急ブレーキをかけた。後の装甲車も急停車した。

「何です？」

「何か見えなかったか？」

「いえ、何も」

少尉はスターライト式暗視双眼鏡を取り出し、前方の光が見えた付近を覗いた。スターライト式暗視双眼鏡は、星明かり程度の光でも電気的に増幅するのでものがはっきり見える。

長々とパイプラインの青白い影が延びている。だが、何も怪しい人影はなかった。

「隊長、後ろから軍曹が何があったのかと聞いてきています」

通信兵が後の車両を振り向きながらいった。アルファンはスターライト式暗視双眼鏡を覗きながら命じた。

「前方に明かりが見えた。サーチライトを点けろ。据え付けの暗視装置でも前方を探ってくれ」

「了解！」

装甲車の車長用のキューポラから身を乗り出した軍曹が、大型のパッシブ赤外線暗視装置をいじりながら答えた。装甲車のサーチライトの白い光が前方の暗がりに延びた。

数十秒の時がゆっくりと流れた。

装甲車のサーチライトがゆっくりとパイプラインの根元を照らしていく。パッシブ赤外線暗視装置が、サーチライトでは見えない暗がりを探る。

「異状なし」

軍曹が大声を上げた。アルファン少尉は助手席に座り直した。気のせいだったのか、と安堵の息を洩らした。だが、何か嫌な予感は続いていた。

「前進」

伍長はギアをローに変え、また車を前に出した。

「隊長！　何か動いている！」

後部の装甲車から、暗視装置を覗いていた軍曹が怒鳴った。アルフォン少尉は驚いて振り向いた。

「何？　人影か？」

「敵兵、発見！」

いきなり、横合いの暗がりから閃光が迸《ほとばし》った。光の矢はするすると延び、装甲車のサーチライトに吸い込まれた。瞬間、あたりが白日に照らされたように輝いた。

アルファン少尉は目を腕で覆った。装甲車はふっと浮き上がった。一瞬、装甲車は炎に包まれた。大音響とともに車体は引き裂かれ、車体の破片が周囲に吹き飛ばされた。

ジープは爆風を受けて、後部を持ち上げられ前のめりに転覆した。

アルファン少尉と通信兵はジープから投げ出されて、砂地に転がった。激しい衝撃が背中や後頭部を襲った。一瞬、アルファンは気を失いかけた。

銃声が起こった。アルファン少尉は反射的に大地に伏せた。跳弾が辺りの砂地を削って飛んだ。

「誰か助けてくれ！」

伍長の悲鳴が聞こえた。伍長は転覆したジープの下敷きになっていた。ジープの燃料タンクからガソリンが漏れていた。アルファン少尉は腰の拳銃を抜いた。通信兵が伍長に駆け寄り、引きずり出そうとした。

また自動小銃の一連射がアルファンの周囲を襲った。通信兵は射たれて転がった。アルファンは通信兵の躰を揺すったが、頭部を射たれており、すでにこと切れていた。

背後では炎上した装甲車が猛然と火を吹いている。逃げ出した者はいない。

「誰か！　いないか！」

やはり返事はなかった。

アルファン少尉はジープににじり寄った。転覆して腹を見せたジープの運転席から、なんとか伍長を引きずりだそうとした。

「しっかりしろ！」

前方の低い丘陵の陰から、重々しいローター音が響き、ヘリコプターの黒い機影が浮かび上がった。一機、また一機とヘリコプターがホバリングをはじめている。

パイプラインの根元の周辺から、何人もの人影が現われ、一斉にヘリコプターに向かって走りだした。アルファン少尉は伍長から離れ、息を殺して、前方の人影やヘリコプターを見やった。

ヘリコプターは地上すれすれに降り、地上から人影を拾い上げていく。全員が乗り込むと、二機のヘリコプターは轟音を残して、西の方角に向かって、暗がりの中を飛び去った。

アルファン少尉は伍長の助けるのも忘れ、呆然として闇に消えたヘリコプターの行方を見守った。

突然、パイプラインの一角で真昼のような閃光が吹き上がった。同時に巨大な爆発が次々に起こり、並んだパイプラインが吹き飛んでいく。

熱い爆風がアルファン少尉に襲いかかった。アルファン少尉は閃光の中で、パイプラインの原油に火がついて、炎上するのを見た。

美しい、とアルファンは思った。それがアルファンの最後の記憶だった。

2

イスタンブール
5月1日　午前四時

東の空がだんだんと暗さが失い、白みがかった蒼さを増しはじめていた。

モスクのドームやミナレットが明るくなる空を背景に黒々としたシルエットを形作っていた。イスタンブールの街並は、薄い靄《もや》に覆われていた。まだ夜の気配を残した街灯の明かりが街のあちらこちらに点灯している。

細い石畳の路地を牛乳配達人のバイクが瓶の音をたてながら通り過ぎていった。入れ替わるように、一台の黒塗りのオペルが路地の中にゆっくりと滑り込んできた。かすかにエンジン音が唸りをたてている。路地の反対側からも、ダークブルーのプジョーが一台現われ、先のオペルの後ろに回り込んで停まった。

二台の車の左右のドアが静かに開き、それぞれのドアから、何人もの人影が路地に降り立った。私服の男一人。それ以外の人影は全員が黒装束に身を固め、顔を黒覆面で蔽っている。いずれも胸に短機関銃ウージーを抱えていた。

石造りの家と家の間の細小路から、もう一人黒い人影が出てきた。黒い影は指揮者らしい私服の男に近寄り、耳元で囁《ささや》いた。

私服の男は一軒の二階建の家を見上げ、窓の明かりが消えているのを確認しながら、無言のまま手で指図した。黒装束たちは機敏に動き、それぞれ家の戸口や窓辺に忍び寄った。私服の一人の案内で、五、六人が細小路に入り、姿を消した。

指揮者の私服はコートから黒手袋を取り出し、両手にゆっくりとはめた。

「やれ」

指揮者は小声で命令した。影の一人がドアに取りつき、鍵穴にL字鍵を差し込んで、手を動かしはじめた。私服の男は腕時計に目をやった。

数分もかからずに、ドアの鍵穴をいじっていた影がさっと手をあげた。

ドアのノブが回され、ドアが開いた。黒装束の一団は物音も立てずに、つぎつぎと家の中に吸い込まれていく。

私服の男は護衛を従え、最後に家の中に入っていった。ドアが閉じられた。

やがて、家のどこからか籠《こ》もった発射音が響いてきた。ついで、ガラスの割れる音と、弾けるような銃声が轟いた。

一瞬の後、静けさが戻った。

周辺の家々の窓に明かりが点いた。窓のブラインドを開け、何人かが、顔を出し、あたりを窺った。街路は静まり返っており、人の気配もない。しばらくすると、人々は何ごとかをいい合いながら、窓を閉めて部屋に戻っていく。窓の明かりがだんだんと消え、再び街を静寂が覆い尽くした。

それを見計らっていたように、街路の暗がりに、男たちが一人また一人と姿を現わした。男たちは音もたてずに暗がりを走り、待機していた二台の車に乗り込んでいく。指揮者の私服の男がゆっくりと家から出てきた。私服の男は静かに扉を閉めた。周囲の窓を見上げて、誰も見ていないのを確かめた。

二台の車のセルがかかり、エンジンが唸りだした。私服の男はプジョーの後部座席に乗り込み、ドアが閉まった。

二台の車は急発進し、それぞれタイヤを軋《きし》ませながら走り出した。車は連れ立って暗い石畳の道路を走り降り、ガラタ橋の方角に消え去った。

警察の緊急車両がたてるサイレンがだんだんと近付いてきた。

3

沖縄・那覇市内
5月1日　午後十一時

国際通りの繁華街の、本土からの観光客や夏の暑さを避けて涼みに出た人たちで遅くまで賑わっていた。公営市場の店はすでに閉まり、路地には飲み屋から出たばかりの酔っ払いたちが大声で歌いながら千鳥足で歩いていく姿があった。

公営市場の通りから、一本横に入った暗い路地に、数人の男たちが息をひそめていた。

沖縄県警捜査三課係長の大儀見《おおぎみ》警部補は半袖シャツの襟元に手拭いをあて、湧き出す汗を拭った。

路地の暗がりには、部下の私服刑事たちが七人、さらに万が一の犯人の逃亡に備えて、その一帯周辺には制服警官が数十人待機していた。

「理事官、こんなに用心しなくても、相手はただの盗人なんでしょうが」

大儀見刑事は少し苛立たしげに、東京の警視庁から、わざわざ沖縄にまで派遣されて来た二人の私服警官を見た。

大門将人《だいもんまさと》と名乗った警視はエリートのキャリア組だった。なぜ、こんな現場にはじめから出世が約束されているキャリア組の幹部が出《で》っ張《ぱ》るのか、分からなかった。まだ三十代前半の歳だが、普通なら、署長席や部長席の机でふんぞり返っていればいいはずなのだ。

沖縄県警本部にも、警察庁から派遣されたキャリア組がいるが、たいていは県警本部長とか、警備部長、警務部長といった席が用意してあって、キャリア組の幹部が現場に出て指揮するなんてことは、よほどの大事件でなければありえない。

いったい、この物々しさは、何だというのか？

大門警視は、いかにも頭が切れそうな理知的な顔をしている。大事そうに、小さなカーキ色の肩掛けバッグを抱えている。

もう一人の甲田次郎《こうだじろう》という捜査員は、技術屋だ。名刺には、「警察庁科学捜査研究所法科学第三部第二研究班主任」としかない。法科学第三部が何を担当しているのかは、見当もつかなかった。

甲田も肩から得体の知れぬ機械が入ったバッグを下げ、しきりに眼鏡を押し上げて、鼻の周囲に吹き出した汗をハンカチで拭っている。

県警本部の刑事部長から直々に、東京からのお客さんに全面協力しろという指示がなかったら、願い下げだった。そうでなくても、沖縄駐留の国連軍兵士たちが起こすいろいろな犯罪捜査で、天手古舞《てんてこまい》をしているのだ。このクソ忙しい時期に、何の捜査かも知らされずに、ただ協力しろの、バックアップしろのといわれても、真剣になれるはずがないではないか。

ともあれヤマトンチューは、なにごとにつけ、高飛車にあれこれ命令するうえに、大したことでもない事犯を、さも重要犯罪であるかのようにいうから困る。

何を盗んだのか分からないが、ただの盗犯なら、手配書一枚を県警本部に転送してくれれば済むものを、この刑事たちはわざわざ自分の手で犯人を捕《と》りたいと思っているらしい。ご苦労さんなことだ。

もっとも、たとえ、そんな手配書を送られても、うちの現状から、すぐに捜査に乗り出すとはいえないから、東京から乗り出して来るのが正解かもしれない。

たかが、盗犯数人を捕えるのに、この大げさなバックアップ態勢はまるで、強盗殺人の被疑者や銃器を持って立て籠もっている過激派を捕らえるかのような大袈裟なやり方ではないか。

「マル被（被疑者）は、いったい、何を盗んだというんですかね？」

「問題は盗んだモノなのです。もし情報が正しければ、とんでもないことになる。われわれの入手した情報が間違いであればいいのだが」

大門警視は、丁寧な言葉遣いで答えた。大門は電柱の陰から端正な顔をマンションに向け、最上階の部屋の窓を窺った。

大儀見は大門警視の名刺にあった肩書きを思い出した。

警視庁捜査一課理事官。

沖縄県警本部刑事部には管理官はあるが、理事官という役職はない。県警捜査一課長の下には、課長補佐がおり、彼らが課長代理として、現場に出て、捜査の指揮を執っている。

警視庁は大所帯なので、捜査一課だけでも、さまざまな役職がある。理事官といえば、捜査一課長についで偉いナンバー2だ。警視庁捜査一課長は警視正で、理事官はキャリア組の警視。その理事官の下に、さらに何人もの管理官がいて、管理官が捜査一課強行犯係をはじめとする各係を統括指揮している。管理官の階級は警視で、階級こそ理事官と同じだが、彼らは叩き上げのノンキャリア組のベテラン捜査員である。理事官は捜査一課長の補佐にあたり、一課長代理として管理官たちの半数を統括する。

捜査一課長に何かあった場合、理事官が対応する役回りだ。

そのお偉いさんの理事官が、ただの盗犯だというのに、なぜ、沖縄くんだりの現場に出っ張ってきているというのか？

上から漏れ伝ってきた情報では、大門理事官は特殊犯罪捜査を担当しているということだった。特殊犯罪捜査は、営利誘拐の人質犯人やテロリスト、贋札作りの犯人などを捜査する極秘の捜査部門だった。

「まだ盗まれたブツも、はっきりと分からないのですか？」

大儀見刑事はいくぶん呆れた顔でいった。大門警視は腰のホルスターに手を伸ばし、自動拳銃を確かめた。

「実をいえば、容疑がはっきりしていない」

「なんですって？　警視庁はどういう捜査をしているんです？」

「内偵捜査の段階では、あるところから、極めて危険なものがなくなったという情報を摑んだ。その行方を知っている男として、馬渡《うまわたり》の名前があがった」

大儀見は目を細めた。

「盗聴ですか？」

「盗聴は人聞きが悪い。我々は通信傍受と呼んでいる」

大門警視はにやっと笑った。どっちでも同じではないか、と大儀見は思った。やることは、結局、他人の電話や会話を盗み聞きするのだから。大門警視は続けた。

「内偵中の、ある組織が、会話の中で洩らした重要情報がある。それを裏付けるために、馬渡の身柄を確保して、その情報を確かめたいのだ」

「まだ内偵捜査だというのに、なぜ、こんな大袈裟なバックアップが必要なんです?」

「馬渡という男の正体が、まるで分かっていない。分かっているのは、馬渡がまだこれまで捕まったことがない窃盗犯で、背後に国際シンジケートがいるらしいということだけだ。彼らは盗んだモノをインターネットに乗せて、国際的に売り捌《さば》こうとしている。我々としては、いったい、彼らが何を手に入れたのか、そして、それをやつらよりも早く抑えなければならない」

「やつらってのは?」

「我々が内偵中の本命の秘密組織だ。マル特事項なので、ここで教えるわけにはいかないが、いずれ、実態をはっきり摑めば、教える。ともかく、馬渡を捕まえるのが先決だ」

大儀見は腹の底で笑った。

ヤマトンチューお得意の秘密主義かい。中央の警察だけが、すべてを握っていて、末端の田舎警察は文句をいわずに従えばいいときた。

大儀見は煙草を銜《くわ》えた。

「インターネットに、馬渡は何を売ると書き込んでおるのですか？」

「パンドラだ」

大門警視は静かにいった。大儀見刑事はうんざりした顔を大門に向けた。

「え？」

「パンドラの箱だ」

「あのギリシャ神話に出てくる、開けてはならないという箱ですか？　神さまが、あらゆる悪や災いを詰め込んだ箱をパンドラという女に渡したっていう……」

「そう」

携帯無線機が呼び出し音をたてた。大儀見刑事が無線機の通話ボタンを押した。

『こちら、内張り班、隊長、室内の様子が変だ』

「どうした？」

『爆発音が聞こえた！　銃声かもしれない』

「部屋から誰か出たか？」

『いったんドアが開いて、一人が出たらしいが、確認が取れない』

「四階にいるのは？」

『外間《ほかま》です。いま調べるよう連絡をとりました』

「中には、何人いる？」

『男四人を確認している』

張り込んでいる部下の声だった。

大儀見は無線機のチャンネルを変え、マイクに怒鳴るようにいった。

「音声班！　部屋の中から何か聞こえないか？」

音声班は集音マイクや隔壁マイクを使って、対象者の部屋の音声を傍受している。

音声班から、即座に応答があった。

『爆発音を確認した。その後、部屋からは動く気配が消えた。話し声も聞こえない。テレビの音が聞こえるだけだ』

「おかしいな」

『電話がかかっているが、誰も電話に出ない』

大儀見刑事は大門理事官と顔を見合わせた。

「内張り班、様子を調べろ」

『了解』

甲田捜査員が後ろから大門に何事かを囁いた。大門が叫ぶようにいった。

「待て。危険だ。部屋に近付くなといえ」

「なんだって？」

大儀見刑事は大門に目をやった。甲田捜査員はいち早く駆け出した。大門も緊張した面持ちで、大儀見から無線機をひったくった。

「いま、そちらに行く。マル被の部屋には近付くな。絶対に近付くな。命令だ」

大門は無線機に怒鳴ると、マンションの玄関に向かって駆け出した。

いったい、どうしたというのだ？　あの慌て振りは？

大儀見は苦笑混じりに後を追った。玄関にいた内張り班の刑事たちは、大門や大儀見たちを戸惑った顔で出迎えた。

「部屋はどこだ？」大門が叫んだ。

「404です」内張り班の刑事が返事をした。

大門と甲田は息を切らせて、階段を駆け登った。大儀見は、あまり無理をせずに、だができるだけ急いで階段を登った。

大門と甲田は一気に踊り場を駆け抜け、四階の通路にあがった。

404号室の部屋の前に、人影が蹲《うずくま》っていた。張り込んでいた外間刑事だった。

「どうした！　外間」

大儀見は怒鳴った。外間は身じろぎもしない。大儀見は駆け寄ろうとした。

「待て。近付くな」

大門が手で、大儀見を制した。

「どうして？　そいつは、俺の部下だ」

「なんでもいい。離れていろ。命令だ。近寄るな」

大門は無理遣り大儀見を抑えた。後から駆け上がってきた刑事たちも、足を止めた。

甲田はバッグから何か見慣れぬものを取り出し、手早く顔に装着した。大門も急いでバッグから同様なものを取り出して、顔に着けた。

防毒マスクだった。大儀見は度胆を抜かれた。

いったい、何事だというのだ？

大門と甲田は蹲った外間刑事に駆け寄り、彼の躰を調べはじめた。甲田がバッグから小型の検知器を取り出し、あたりの空気にかざしている。やがて、大門と甲田はぐったりとした外間の躰を引きずって、大儀見たちのところに戻ってきた。

「どうした？　外間」

大儀見は外間の躰を揺すった。外間は鼻血を出し、白目を剝いて絶命した。すでに唇はチアノーゼの反応が出て、紫色に変色していた。喉には、手でかきむしった引っ掻き傷がついていた。

「救急車！　大至急に救急車を呼べ」

大儀見は手遅れだと思ったが、そう叫ばずにはいられなかった。部下たちが慌てて携帯電話を取り出した。

大門は両手を拡げて、みんなに命じた。

「下がって。風上に立て」

「これは、いったいどうしたというんだ？」

「ガスだ。毒ガスを吸いたいのか？」

大門の言葉に大儀見は一瞬、たじろいだ。部下の刑事たちもじりじりと後退した。

甲田と大門は、今度はバッグからビニール製の簡易防護服を取り出した。みんなの目の前で、防護服を身につけていく。

甲田と大門は防護服を着込むと、お互いに点検をした。点検が終わると、甲田が肩掛けバッグの蓋を開け、中から伸縮自在の金属棒を取り出した。それを二メートルほどに伸ばし、通路を探りながら、張り込んでいる被疑者の部屋に歩きだした。

甲田の後から、数メートル離れて、大門がついて行く。

やがて、甲田の手元の検知器が小さな電子音をたてた。大門が甲田に怒鳴った。

「何が検出された?」

「VX。神経ガスです」

甲田は検知器のダイヤルをいじりながら答えた。

大儀見は、二人の会話を聞いて、冷汗が浮かんだ。

「VXガスだって?」

刑事たちは顔を見合わせ、尻込みした。

VXガス。たった数ミリグラムで、何万人も殺せる猛毒だ。

防毒マスクを装着した大門は大儀見を振り返った。くぐもった声で、命じた。

「県警本部に緊急連絡。この部屋の半径3キロメートル以内を封鎖しろ。住民に窓を密閉し、外に絶対に出ないよう警告しろ。それから、自衛隊の化学防護隊の出動を要請しろ。急げ。でないと、住民に犠牲者が出てしまうぞ」

大儀見は半信半疑の思いで、すぐに無線機で、県警本部を呼び出し、大門の命令を伝えた。

甲田と大門は恐る恐る馬渡の部屋のドアの前に立った。ドアをチェックした。そのうち大門がドアをゆっくりと引き開けた。

玄関の上がり框《かまち》に一人の男が倒れていた。男は目を開き、口から泡を吹いている。部屋の中に白煙が籠もっていた。玄関から見える居間に、二人の男が折り重なるように倒れていた。

部屋に据えられたテレビがバラエティ番組を映していた。出演者たちの笑い声が響いた。

4

イラク領〝イスラム国〟支配地域
5月2日　〇四三〇時

夜が明けようとしていた。東の空が白みはじめ、急速に暗い星空が紺青《こんじょう》色に染まっていく。

『まもなくリマ・ポイント（L地点）』

AWACSのオペレーターの声が聞こえた。

「ラジャー」

一色勇人《いっしきはやと》1等空尉はマイクに囁いた。F－2改の操縦桿に細かな震動が伝わってくる。キャノピー越しに、風切り音が震動となってコックピットに伝わってくる。

ヘルメットのバイザーにつけられた暗視装置を通して、眼下に拡がる青白い大地の起伏が見える。

荒れ果てた岩肌を露出した渓谷が見る間に後方に飛び去って行く。大地のあちらこちらに煙が上がり、敵の防空ミサイル・サイトの索敵レーダー波が機体をなぞっている。ピーピーという不快な電子音がコックピットの中に流れた。

先刻まで、しきりに低く鳴り響いていた悪魔の囁きのような武器管制リーダーの電子音は聞こえなくなった。味方のECM（電子攪乱）が効を奏したのだろう。あるいは、味方の対レーダー・ミサイルが、敵の対空陣地を叩き潰したのかもしれない。いずれにせよ、脅威レーダー波感知装置の電子音は止んでいた。

一色1尉はHUD《ヘッド・アップ・ディスプレイ》に映った明るい表示を目視しながら、軽く操縦桿に手を添え、自動操縦装置の動かすままにしていた。コンピューターに読み込まれた地形通りに操縦桿は動き、目標地点に導いてくれる。

イラク派遣PKF部隊空自303飛行隊のB《ブラボー》編隊二機のF－2改戦闘爆撃機は、地表すれすれに、灌木《かんぼく》の枝葉を揺らし、砂塵を巻き上げながら、亜音速で敵地の目標に接近していた。A編隊の二機は、先行して目標を攻撃している。

一色はちらりとバックミラーに目をやった。僚機の杉田機の機影が、ぴったりと斜め後方についている。

ディスプレイに表示された電子回廊《コリドー》は、まだ閉じられていない。味方のECMがイスラム国のレーダーを事実上、盲目の状態にしている。といっても、相手がECCM

（対電子防御対策）をかけて、電子妨害を排除して、こちらの機影をばっちりと捉えていることもあり得る。敵のレーダー網は真っ白だという推測は、敵の電子戦兵器が我が方よりも優れていないという仮定であり、当てになるものではない。

そのため、各機に備え付けてある電子ポッドで、またＥＣＣＭをかけている。そのＥＣＣＭだとて、敵のＥＣＣＭが我よりも優秀であれば、あてになるものではない。多分に気休めのように感じることもある。

高度４００フィート。時速５００マイル（９００キロメートル）。

一色1尉はＧＰＳにちらりと目をやった。ディスプレイに表示された白三角形が点滅していたかと思うと、急に反転して黒の三角形に変わった。

「ブラボー、リマ・ポイント、パス」

一色1尉は無線送話器に囁いた。

『リマ・ポイント』僚機の杉田2等空尉の声も無線機に響いた。

『ラジャー。タンゴ（Ｔ目標地点）まで、10マイル』

ＡＷＡＣＳ機からの応答が入る。データリンクされたディスプレイに目標についての状況が記されている。タンゴのＴはターゲットの頭文字だ。

兵器パネルは自動的に爆撃モードに変わっていた。両方の翼下に、８００ポンド高性能誘導爆弾二個を装着している。

なんて糞ったれな戦争なのだ。

一色はまだ完全には明けやらぬ大地に目をやった。宣戦布告なき対イスラム国戦争に入ってから二年の歳月が経っている。その間、日本は出て行かなくてもいい戦争に、何度も国連平和執行軍ＰＫＦとして出て行っては戦火を交え、アメリカ軍と一緒に世界の警察官を任じていた。いまでは、なんのために、誰を敵として戦争しているのか、よく分からなくなっていた。

これまで命令されるままに１４００回ソティ以上、自分ではもう数えきれなくなるほど各地への空爆に出動している。３０３飛行隊は打ち続く戦闘のために、予備機を含めて14機あったものが、いまでは現有機数８機にまで減った。そのうち、２機が修理中なので、残る６機によって、３個分隊を組むのが、やっとという危うい状態にまでなっている。しかも、いまのところ補充機はもちろん、新しいパイロットの補充もままならない。

『タンゴまで、７マイル』

ＡＷＡＣＳのオペレーターの乾いた声が響いた。

谷間が切れた。眼前に山々に囲まれた盆地が拡がる。鉄道の鉄路が走り、その先に街並が見えた。目指すはイスラム国戦闘員養成所の建物だった。S2（統幕二部）の情報では、イスラム国の幹部たちがいる可能性が高いとのことだが、これまたあてになる情報ではない。

「スプレッド！　ナウ」

一色はマイクにいった。

『ツー！』

杉田の声が聞こえた。杉田機が斜め後方から左翼の端に並ぶように、せりあがった。

斜め後方に位置していると、一色機の直後を飛ぶ二番機の杉田機は、対空砲火の的になりやすい。一色機を逃した敵の対空火器が、次に飛んでくる杉田機に照準を合わせやすいからだ。

対空陣地から、花火のような白煙が打ち上げられはじめた。一瞬のうちに、超低空で、町の上空を通過し、対空陣地の中を飛び越していく。慌ただしく人影が町の通りを右往左往するのが見える。はるか頭上で炸裂する高射砲弾が白煙の弾幕を造った。

闇雲に打ち上げる砲弾の破片が一つでも機体に当たれば、一巻の終わりだ。

胃のあたりがきゅんと縮み上がった。飛行手袋の中で掌に汗をかいている。

『タンゴまで5マイル』

ＡＷＡＣＳが告げた。

「スタンバイ」

一色は操縦桿の爆弾投下ボタンの安全装置を解除した。ＨＵＤの照準レティクルは、目標《ターゲット》の建物を捉えている。目標ロックオンの表示が出た。ピピッと電子音が鳴った。

『３マイル！』

「ロックオン」一色が叫んだ。

『ロックオン！』杉田の声も聞こえた。

目標との距離が、見る間に縮まっていく。

ＨＵＤに発射の表示が点灯した。

「ファイア！」

『ファイア』

一色は操縦桿を引き上げながら、投下ボタンを押した。翼下から二個の爆弾が離れた。機体が軽くなる。上昇しながら、右に旋回する。左手の杉田機からも爆弾が飛び出した。誘導爆弾は放物線を描きながら、別の機からレーザー照射された目標に向かって飛翔する。爆弾の弾頭についたソニー製レーザー誘導装置が目標を捕捉しつつ、自らの軌道を微調整し、目標に向かって飛ぶ。弾頭のカメラの映像はＡＷＡＣＳを経て、軍事衛星に乗せられ、司令部にまで、リアルタイムで送信される。その後、軍事偵察衛星や偵察機によって、爆撃の成果が確かめられる。

「ツー、ＲＴＢ《リターン・トゥ・ベース》（帰投する）」

『ラジャー』杉田のほっとした声が応えた。

バーナーを焚《た》いた。一気に高度を上げる。Ｇがかかる。ミサイル警戒装置の警告はないが、念のために、上昇しながら、フレアを何発か叩きだした。赤外線ホーミング方式のミサイルから身を守るためだ。

「ブラボーから基地へ。リクエスト（要請）、ＲＴＢ」

『ラジャー。三十分で、ＥＣＭを終える。グッドラック。オバー』

「ラジャー」

ディスプレイに映し出された電子回廊のトンネルを二機の機体が突進していく。電子攪乱をかけた回廊の一部が崩れかけていた。敵の新たなＥＣＣＭを受けて、電子妨害が効力を失いつつあるのだ。

暗い大地から何百発という花火のような火が打ち上げられた。四方八方で閃光がきらめいた。

こんな地域に敵の防空陣地があったというのか？

敵は上空を通過する機体に向けて、闇雲に射ってくる。ミサイルも恐ろしいが、弾幕を張る高射砲弾や高射機関砲弾はさらに恐怖をかきたてる。

高度３２００フィート。……３４００。

アフターバーナーは長くは焚けない。緊急の際に備えて燃料消費を残しておく必要がある。バーナーを切った。速度は落ちたが、機はなだらかな上昇を続けている。

高度３６００。

まだ周囲の閃光はきらめいている。打ち上げ花火の中を飛んでいるかのようだ。

突然、機体にガンガンという鈍いショックがあった。ついで、翼にも連続した強い衝撃が襲った。右翼にいくつもの弾痕が見えた。

なんってこった！

緊急ブザーが鳴りだした。非常警報装置がエンジンにトラブルが発生していると、やかましく喚きたてた。右翼にも弾痕が口を開け、燃料が白い霧となって後方に流れだしている。燃料計の数字が、めまぐるしく変り、数量が減っていく。ジェット・エンジンが不快な不燃焼音をたてた。空気取り入れ口のファンが損傷したのか、機体がぶるぶると振動をはじめる。

高度３１００。

「ブラボー・ワン、被弾。マッキー、機体の様子を見てくれ」

マッキーは杉田の個人暗号コードだ。

一色は高度計、エンジンの出力計、燃料計などをチェックしながらいった。高度が、さらに落ちていく。杉田機が左下方から接近して来た。

『ワンへ。エンジン排気孔から黒煙が出ている。右翼からも燃料が流出している。機体下部のギア付近に損傷個所が見える』

杉田の声が聞こえた。

損傷は甚大だ、と悟った。

エンジンの出力がだんだんと落ちていく。一色はスロットル・レバーを引き、エンジンの出力を上げようと試みた。だが、エンジンは咳き込むような爆発音をたてるだけで、出力はほとんど上がらない。

高度２８００。……２６００。……

「サムからビッグ・バードへ。メイデイ（緊急事態発生）、メイデイ。ガード（緊急周波数）に切り換える」

サムは一色の個人暗号コードだ。

『ラジャー。ガード了解』

ＡＷＡＣＳから応答があった。一色はガード周波数の無線機のスウィッチをオンにした。緊急周波数は、いつでも使用可能の状態で、オープンになっている。

「サムからビッグ・バードへ。機体損傷。ダメージがひどく、このままでは基地までもちそうにない。まもなく燃料切れだ。どこかへ緊急着陸したい。最寄りの緊急避難飛行場を教えてくれ」

一色は素早く頭の中で、飛行可能な距離を計算した。

基地まで、およそ二二〇マイル（四〇〇キロメートル）。遠すぎる。このままでは、いずれエンジンが火を吹き、墜落は免れない。助かる道は最寄りの緊急避難基地へ着陸するか、平坦な荒地に不時着するしかない。それも運がいい場合だ。いまはできるだけ敵地から脱出することを考えなければならない。

『ビッグ・バードからサムへ。現在地を知らせ』

一色はＧＰＳ装置が表示している緯度と経度を読み上げた。

『サムへ。針路を南南東に取れ。そこから、五五マイル（一〇〇キロメートル）付近に廃棄された民間飛行場の滑走路がある。そこまで、なんとかもたないか？』

ＡＷＡＣＳのオペレーターが冷静な指示を出した。操縦桿をそっと右手に振り、ラダーを踏み込み、バンクをかける。エンジンのスロットルを開くが、推力はほとんど増す気配がない。

「サムからビッグ・バードへ。針路を南南東に取った。だが、そこまで、もちそうにない」

『そのまま針路を維持し、飛行せよ。救援機の派遣を要請した』

「ラジャー。針路を維持する」

……高度2000。1900。

全身から汗が吹き出していた。額の汗を拭う間もない。キャノピー越しに背後を振り返った。機体から長々と黒煙の尾を曳いている。

眼前に低い丘陵の連なりが拡がっていた。だが、その尾根の稜線を越える高度が保てそうにない。かろうじて左手の方角に、谷に切れ込んだ尾根が見えた。操縦桿を左に振り、低くなった尾根に向かう。

『サム。前方に岩山。機首を上げろ』

杉田の声が告げた。

一色は操縦桿を引き、機首を引き起こした。操縦桿が重い。掌に汗をかいた。スロットル・レバーを押して、絞りだすように推力を増した。エンジンの出力がようやく上がり、機体はどうにか上向きになった。

「どっこらしょ」

重い機体は地表すれすれに擦るようにして尾根を越えた。丘の向こう側はなだらか山裾になり、川沿いに緑の大地が拡がっていた。人家がちらほらと散見できる。

ＧＰＳを見る余裕もない。

「マッキー、現在地確認頼む」

『ラジャー！　現在地は……』

スロットル・レバーを最大に開いたが、エンジン出力は上らない。逆に出力がまた見る見るうちに下がっていく。

『サム！　ペイルアウト（脱出しろ）！』杉田の声が聞こえる。

非常事態を告げる緊急ブザーが間断なく鳴り続けていた。ＨＵＤにも、燃料切れ、エンジン・トラブルなどの表示が点滅していた。パネルの赤い警戒灯が全部点灯している。

もはや、限界だった。これ以上飛ぶのは無理だった。

「ビッグバードへ。こちらサム。脱出《ベイルアウト》する！」

一色は怒鳴った。長年生死を共にした愛機を見捨てるのは忍びなかったが、一色は思い切って脱出装置のレバーを引いた。

キャノピーの風防ガラスが吹き飛んだ。風切り音が耳元に響き、風圧がバイザーを襲った。一色は脱出時の衝撃に備え、両腕を胸に抱えた。次の瞬間、一色は激しい衝撃を受けながら、座席ごと空中に吹き飛ばされた。

くるくると回転した。一色は必死に歯を食いしばって、上下左右、際限なくもみくしゃに揺すられるのに耐えた。不意に巨大な力で躰を引き揚げるようなショックが襲った。頭上を見上げるとパラシュートが開いていた。ついで座席から躰が引き剝がされる。

それも束の間、一色の躰は仰向けになった状態で大地に叩きつけられた。ヘルメットが岩に当たった。激痛が背中と右脚に走った。

着地と同時に一色はベルトの着脱装置を解除し、パラシュートを外した。空になった座席は近くの岩に激突していた。一色はヘルメットをかなぐり捨て、痛む右脚を引き摺りながら、なだらかな斜面を懸命に駆け登った。大地に投げ出された時、右脚や右半身にかなりの打撃を受けたが、ぐずぐずしてはいられない。

かなり離れた前方の丘陵で爆発音が轟き、黒煙が吹き上がった。一色は唇を嚙んだ。覚悟をしていたとはいえ、愛機を失うのは辛かった。だが、いま悲しがっている暇はない。

どこかで敵はF－2改戦闘爆撃機が墜落するのを目撃している。パラシュートが開くのを目撃していたら、必ず搭乗員を捕虜にしようとやってくる。

頭上をジェットエンジンの轟音を立てて、杉田のF－2改戦闘爆撃機が飛び過ぎた。杉田機は大きくバンクして、上空に舞い上がる。一色は両手を振り、無事であることを示した。

杉田機は旋回して戻り、もう一度頭上をフライ・パスした。F－2改は短い翼を振って、東の方角に飛んで行く。

きっと杉田2尉が基地に搭乗員の無事を報告してくれているに違いない。

一色は岩に引っ掛かっている座席に近寄った。しぼんだパラシュートをかき寄せ、急いで畳み込んだ。岩陰に隠し、手ごろな岩石をいくつか載せて風に飛ばされないようにした。座席から緊急サバイバル・キットのザックを取り出した。ザックには地図やGPS装置、発煙弾、医薬品、浄水器、万能ナイフなど一式が揃っている。

脱出時、最後に確認した位置は、まだイスラム国支配地域内から出ていなかった。GPS装置で現在地を測らなければ、正確な位置は不明だが、ここに長く留まれば、いずれ敵に見つかってしまう。

一色は墜落現場からできるだけ離れておかなければならないと思った。腕時計の磁石に目をやった。南東の方角に向かって歩きだした。脱出寸前に見た記憶が正しければ、南東方向の山地に、緑のオアシスが点在していた。人が住んでいる可能性もあるが、酷暑の砂漠よりも、サバイバルの条件は揃っている。

風に乗って、かすかに車のエンジン音が聞こえた。一色は足元の砂を飛ばし、風の方向を測った。風は北北東からそよいでいる。北北東の方角には低い丘陵が折り重なるように拡がっているので、丘の向こう側の谷間を縫って進んでくる車両の姿は見えにくい。

重々しいエンジン音の様子から見て、ロシア製の装輪装甲車か装甲兵員輸送車だ。腰の拳銃を抜いた。シグ軍用拳銃の弾倉を抜いて、弾丸が装塡されていることを確かめた。予備の弾倉はあるが、ライフル銃や機関銃で武装した民兵を敵に回して戦える火器ではない。

一色は丘の頂を目指して急いだ。頂を越えれば、辺りを見回すことができる。夜になるまで、敵に見つからないように隠れていなければならない。

丘の頂には、大小さまざまな岩があった。一色は熱い陽射しを避けて、岩の陰に寝そべった。エンジン音が不意に聞こえなくなった。おおよそ敵がいる位置の見当をつけて、丘の陰になって見えない谷間の方角に注意を集中していた。

岩陰に入っている限りは、直射日光を浴びない分だけ、涼しかった。寝そべった砂地に蟻地獄が出来ていた。一匹の蟻が砂の凹から脱出しようとあがいているが、だんだんと底の方に引き寄せられていく。突然、蟻の足元の砂が動き、角のようなカゲロウの顎《あぎと》が蟻を挟み込んだ。あっという間もなく、蟻は砂の中に引き込まれて姿を消した。

まるで、いまの自分みたいだな、と一色は思った。

ザックから地図とGPS装置を取り出した。GPSで現在地を測り、地図を開いた。地図にマークを入れる。

予想通り、まだ敵中深くに取り残されていた。イラク軍支配地域まで、おおよそ一五〇キロメートル。さらに味方の国連軍前進基地まで、二〇〇キロメートル以上もある。

ここで味方の救援機か救援ヘリコプターを待つか、あるいは、できるだけ墜落現場から離れて、イラク軍支配地域へ移動しながら、救援を待つかの二者択一だ。

突然、斜め後方の斜面から人の声が聞こえた。アラビア語だ。一色は慌てて頭を下げた。息を殺して斜め後に目をやった。砂漠色の迷彩野戦服姿のイスラム戦闘員（兵）たちがＡＫ突撃銃を手に、口々になにごとかをいい合いながら、丘の斜面を登ってくる。エンジン音が響いた。下の谷間の岩陰から一台の装輪装甲車が姿を現わした。ロシア製の装甲兵員輸送車だった。

隊長らしい若い男が岩の斜面に転がった座席を調べ、周囲の丘陵を指差して、部下に指示を出している。イスラム兵たちは散開し、辺りの岩陰や窪地を調べはじめた。装輪装甲車もエンジンの唸りを上げて、斜面をゆっくりと登ってくる。

一色はじりじりと後退し、岩陰伝いに頂を迂回しはじめた。頂の岩場は下からも見通せる。小石がいっぱいに混じった岩場を転がり、岩陰から岩陰に移動して行く。ようやく南東の斜面に張りついた。なだらかな斜面にはあちらこちらに灌木の類が生えている。

一色はイスラム兵たちがいる斜面とは反対側の斜面に回り込み、一気に傾斜を駆け降りようとした。

いきなり銃撃音が辺りに谺《こだま》した。一色の傍の岩肌を割って、弾丸が跳ねた。

「チクショウ！」

一色は転がって砂地に突っ伏した。イスラム兵たちに見つかった。シグ拳銃を抜いた。スライドを引いた。どうせ、見つかれば殺される。イスラム兵の国連軍に対する憎しみは強い。イスラム国内で捕まった国連軍機のパイロットのほとんどがその場で処刑されていた。

殺されるなら、敵を一人でも倒してからだ。一色は岩陰ににじり寄り、覚悟を決めた。

いきなり、上空を猛然とジェット戦闘機が駆け抜けた。衝撃波があたりを叩いて砂埃をあげた。

戦闘機は反転ロールして、上昇していく。背後からフレア弾が二発、三発と白い尾を曳いて炸裂した。朝焼けに翼の日の丸がきらめいた。

杉田が戻って来て空から援護しはじめたのだ。きっと燃料ぎりぎりまで、敵を攻撃しようというのだろう。谷間に隠れた装甲兵員輸送車から機関銃が吠えた。

杉田機は大きく孤を描き、旋回をしている。

一色は杉田に感謝した。もう、いい。杉田よ、無事に帰投してくれ。その方が、気が楽になる。

一色は天を仰ぎ、ついで周囲にもっといい隠れ場所はないか、と見回した。程遠くないところに、大きな岩があり、その陰に窪みが見えた。

杉田機が旋回を終え、ダイブをはじめた。一色は岩陰に身を隠した。杉田機の翼下からロケット弾が噴出した。数発のロケット弾は真っすぐに伸び、谷間に飛び込んでくる。ついで、どーんという大音響とともに、装甲兵員輸送車に命中し、大爆発を起こした。破片が宙に舞い、朝日を浴びてきらめいた。

ついで杉田機は頭上を駆け抜けながら、機銃弾をイスラム兵に浴びせ掛けた。悲鳴が聞こえた。ＡＫ突撃銃の応射する音が響いた。

その機を逃さず、一色は岩陰から飛び出した。大きな岩の窪みに走り込んだ。窪みと見えたのは岩と岩の亀裂だった。人が一人潜り込める。

一色は亀裂に潜り込もうとして、ぎょっとした。そこにぼろぼろになったシャツを着た男が横たわっていた。手足がミイラのように痩せ細っている。髪が抜け落ち、丸坊主になった頭をしている。蠅が何匹も顔にたかっていた。かすかに胸が上下している。服装から見て、アラブ人ではない。

「フー・アー・ユー?」

一色は、そっと人体に触った。

男の頭がゆっくりと一色の方を見た。頭蓋骨に皮膚が張りついたような顔だった。頬は痩け、唇が腫れ上がっていた。落ち窪んだ虚ろな目が一色を見つめた。青い瞳は濁っていた。日焼けした皮膚は斑《まだら》なシミが浮き出ていた。

男は口を動かして、何かを言おうとしていた。男の骨と皮だらけの手が胸に布製の鞄を抱えていた。

　イスラム兵の喋る声が聞こえた。一色は唇に人差し指あてた。男はそれでも何かを訴えようとしていた。

　一色は拳銃を手に外を窺った。また頭上に爆音が轟き、銃撃音があたりをつん裂いた。亜音速で超低空を駆け抜ける衝撃波が岩場を叩いて土煙を上げた。

　一色は頭を抱えて、突っ伏した。一色の腕を触る気配がした。振り向くと、青い目の男が枯れ枝のような手を伸ばし、一色の腕を抑えた。

「……お願い《プリーズ》……これを《テイク・ディス・トゥ》……」

　切れ切れに声が聞こえた。最後の力を振り絞った声だった。男は痩せ細った胸の上に乗せた鞄を動かそうとした。そして、深い溜め息を洩らし、そのまま動かなくなった。

　あたりが静かになった。イスラム兵の喋る声も聞こえない。一色は男に向き直った。

「おい。しっかりしろ」

　男をゆさぶった。だが、男はこと切れていた。一色は男の胸に乗った鞄を取った。鞄の蓋を開けた。そこにはぎっしりと書類が詰まっていた。ぱらぱらとめくると、アラビア語の文字が見えた。英語やロシア語、中国語の書類もある。

一色は男のはだけた胸にあった認識票を引き千切った。認識票はアメリカ軍のドッグ・タッグだった。番号が刻み付けられてあった。

ＣＩＡか？　それとも……

一色は男の目に手をやった。死んでいた。開かれた目蓋を指で下ろした。

頭上をまたジェット特有の轟音を上げて杉田機が飛び去った。また銃撃音が谷間に注いだ。すでに応射する銃声も聞こえなかった。イスラム兵は散々に追い散らされた様子だった。

一色は遠く飛び去る杉田機を見やった。杉田機は南に向かいながら、翼を左右に振った。一色は額に手をあて、敬礼を投げた。

5

アフガニスタン・首都カブール近郊
5月2日　〇二一五時
国連平和維持（ＰＫＦ）部隊第12停戦監視地点

山岳地帯の雪渓を渡ってくる凍えそうに寒い風が吹き寄せてくる。山岳地帯の雪渓を渡ってくる寒風だった。日本では春真っ盛りの五月とはいえ、高度二千メートルの高地では、まだまだ本格的な春は遥か遠くの季節だった。

それでも吹き寄せる風には土漠地帯に放牧されている山羊や羊たちの糞の臭いに混じって、かすかだが雑草の新芽の匂いを嗅ぐことができる。

風早基《かざはやもとい》2等陸尉は軍用ジャケットの襟を立て、喉元から入りこむ冷風を締め出した。体力を消耗させる大敵は寒気だ。寒気さえシャットアウトできれば、吹き曝《さら》しの陣地にいても、体力を温存することはできる。

第12停戦監視ポストに立つ二本のポールには、吹き寄せる風を受けて、日焼けして白地が赤茶けた日の丸と、淡くくすんだブルーの国連旗がはためいていた。

第12監視ポイントには、国連平和維持軍として派遣されたＰＫＦ陸上自衛隊第２師団第25普通科連隊第1中隊の風早基２等陸尉が率いる第３小隊が停戦監視任務についていた。

第12ポイントのほか、四ヶ所の監視所に分散しているので、各監視所には分隊八人ほどの兵員しかいない。それぞれ装甲兵員輸送車一輛が配備されているけれども、アフガニスタンの反政府武装勢力タリバンに本格的に攻撃されたら、ひとたまりもなかった。しかし、もし一つの監視所へ攻撃された場合は、直ちに多国籍軍空軍部隊が空から猛爆撃を行なうので、タリバンもおいそれとは攻撃してこない。

風早基2尉は、うるさくつきまとう蠅《はえ》や虻《あぶ》を手で追い払いながら、カイバー渓谷に延びる国道に双眼鏡を向けた。先に見えるカイバー峠は隣国パキスタンとの国境になる。国境付近はトライバル地帯と呼ばれ、反政府勢力タリバンの根拠地である。タリバン支配地域の向う側にはパキスタン軍が布陣している。つまり、タリバン地域を挟む形でパキスタンとアフガニスタンが対しており、さらにタリバンとアフガニスタンの間に幅三キロの非武装緩衝地帯が設けられていた。

先刻から、その非武装緩衝地帯の岩陰に見え隠れする人影があるのだ。

緩衝地帯には武装した人間は侵入してはいけないことになっている。武装した者が、監視地点を通過する際に、武装解除しなければならない。それが非武装緩衝地帯に展開した国連平和維持軍の任務だった。

無用な衝突を防ぐには、首都カブールに侵入しようとするタリバン兵をまず抑えることだった。国連平和維持軍の命令に従わなければ、武力を行使してもいいことになってはいる。だが、不必要な武力衝突は事態を悪化させるだけなので、実際上は警告を発するだけになっていた。

「何か、見えるか？」

風早2尉は傍らの元木1等陸曹に尋ねた。元木1曹も土嚢《どのう》の上に備えつけたデジタル暗視双眼鏡で、カイバー峠の起伏を丹念にチェックしている。光学式双眼鏡では見えない細部までデジタル暗視双眼鏡は拡大することができる。さらに、必要ならビデオ装置に連動しているので、連隊本部のモニターにもリアルタイムで画像を映し出すことができる。

「タリバンです。国道を横切ろうとしている」

「規模は？」

「小隊規模。偵察隊でしょう」

元木陸曹が小声で答えた。

「どれ?」

風早2尉は元木1曹の手元を覗き込んだ。黒いカバーの覆いで囲われたモニターがあった。昼間の眩い明かりの元では、モニターの映像は不鮮明だった。岩陰に動いている人影らしいものが映っている。

「ズームをかけてくれ」

元木1曹が拡大ボタンを押した。淡い青白い画像が手元に引き寄せられ、岩陰に潜む数人の兵員たちを映し出した。人影はいずれも縞模様の迷彩をかけたヘルメットを被っている。兵士たちの頬には、いずれも黒々とした髭が生えている。イスラム教徒の印だ。

兵士の一人は折畳み式のRGP－7対戦車ロケット弾のランチャーを背負っている。対空ミサイル・スティンガーを背負っている兵士もいた。

指揮官らしい男がハンドシグナルで、部下たちを散開させ、前進するように命令している。無線機が喚きだした。

『14ポイントから、小隊長へ。14地区に侵入者発見。小隊規模のタリバンです』

第14監視ポイントの荻野陸曹長の声だった。コンピューターの監視装置にも、複数のセンサーが兵員の移動を感知し、監視カメラが映像を映し出している。

『13ポイント！　センサー感知。侵入者』

「11地区にも侵入者。センサー感知してます」

ディスプレイに張りついた大城陸士長ががなった。パネルの第11地区から第14地区まで、全域にわたって侵入者の存在を感知している。風早2尉は大城陸士長の手元のディスプレイを覗き込んだ。多数のタリバン部隊が非武装緩衝地帯に侵透していた。

「木下！　中隊本部に報告。非武装緩衝地帯12地区にタリバン侵入」

通信兵の木下陸士長が命令を復唱し、無線機の送話器に向かって繰り返しはじめた。

『……了解。こちら、中隊本部。第12監視ポイント、風早2尉に緊急指令。連隊本部に出頭せよ』

「隊長、どうしますか？」

風早2尉は訝《いぶか》った。こんな緊急事態に何の指令があるというのか？

「つないでくれ」風早は送話マイクを取った。

『風早2尉か？　貴官には師団本部から帰国命令が出た。直ちに連隊本部に出頭せよ』

「帰国命令？　こんな時に、いったいなぜですか？」

『命令だ。いいな』

「……命令受領しました」

風早は納得はいかなかったが返答した。

突然、頭上を越えて、シュルシュルシュルという空気を引き裂く音が轟いた。

「砲撃！」

元木陸曹が叫んだ。途端に、前方の丘陵地帯に、土煙が吹き上がり、爆発が起こった。次々に着弾音が轟き、大地が揺れた。タリバン偵察隊の隠れている付近に、パキスタン軍の越境砲撃が開始されたのだ。

「連隊本部へ。こちら12、こちら12。攻撃が開始された。パキスタン軍の越境砲撃が開始された。すでに十数発。タリバンを攻撃している」

木下陸士長が送話器に怒鳴るように告げた。その間も砲撃が丘陵を襲っている。

「隊長！　着弾点が接近している！」

元木陸曹が怒鳴った。国道沿いに転がるようにして、タリバン兵が飛び出してくる。彼らは一斉に一団となって、監視ポイントに突進してくる。そのタリバン兵を追って着弾点が進むので、監視ポイントに砲弾が迫っているのだ。

「警告を出せ！」

風早2尉はスピーカーのスウィッチを入れた。アフガニスタン語で繰り返した。

「タリバンの指揮官に告ぐ。ここは緩衝地帯だ。直ちに引き返せ！　こちらは国連PKO日本部隊指揮官。警告に応じなければ銃撃する」

同時に装甲兵員輸送車APCに手を上げた。タリバン兵たちは背後からの砲撃に追われて殺到してくるのをタリバン兵に向けた。機関銃座の隊員が一二・七ミリ機関銃をタリバン兵に向けた。

で、スピーカーの警告が耳に入らない様子だった。

砲撃の着弾点もますます陣地へ向かって接近してくる。

「どうしますか！」

元木陸曹が悲鳴のような声を上げた。

「本部へ、威嚇《いかく》射撃の許可を要請しろ！」

「了解！」

元木陸曹が通信兵のマイクをひったくるようにして取り、本部へ発砲許可を求めだした。無線機から直ちに応答があった。

『中隊本部から、威嚇射撃を許可する。押し返せ。止まらなければ、攻撃してよし！』

「機関銃手！　撃て！」

それを待っていたかのように、装甲兵員輸送車の機関銃が吠えた。唸りを上げて空薬莢が飛んだ。岩場を伝い、殺到してくるタリバン兵たちの前に砂煙が上がった。前からの攻撃にタリバン兵たちが一斉に倒れるのが見えた。

「やつらの前を狙え。当てるな！　まだ威嚇射撃の段階だぞ」

風早2尉はがなった。

「全隊、射撃用意！」

土嚢陣地から八九式小銃を突き出した隊員たちが、暗視装置を覗き込み、迫ってくる兵士たちに狙いをつけた。

「やつら、警戒線を突破してきます！」

機関銃手が悲鳴のような声をあげた。たまりかねて元木陸曹が機関銃手に命じた。

「もっと手前を撃て！」

「撃ってます。だけど、あたってしまう」

機関銃弾が跳弾となって、タリバン兵を薙《な》ぎ倒している。タリバン兵たちのすぐ背後から、砲弾が土砂を吹き上げ、容赦なくタリバン兵を引き裂き、吹き飛ばしている。タリバン兵たちは、止まりたくても、後から迫る砲弾の着弾点に追われているのだ。

暗視双眼鏡の中で、とうとうタリバン兵たちが銃を投げ捨て、両手を高く上げるのが見えた。兵士たちは「助けてくれ」「撃たないでくれ」と叫んでいるようだった。

「撃ち方止め！」

機関銃が吠えるのを止めた。だが、あいかわらず、どこからか機関銃弾が飛び、タリバン兵たちに銃弾が雨霰と浴びせ掛けられている。両手を上げたタリバン兵が暗視双眼鏡の中でばたばたと倒れている。

「撃ち方止めろ！　馬鹿野郎！　なぜ命令に従わんのだ！」

風早2尉は双眼鏡をかなぐり捨てて怒鳴った。

「止めてます！」

「何！」

風早2尉は陣地を見回した。たしかに銃を構えてはいるが、誰も発砲していない。

突然、対空レーダーが警戒電子音をたてた。レーダー要員がレーダー受像機に駆け寄った。レーダーが上空に飛来した何かを捉えたのだ。

「隊長！　背後、六時の上方に機影！　無人機です。複数の影が飛来してます」

風早2尉は後方の闇を振り返った。

「敵味方識別！　パキスタン軍機か？　それともアフガニスタン軍機か？」

「応答ありません！　国籍不明機です」

風早2尉は暗視双眼鏡を持って、上空を見上げた。二機の機影が高空をゆっくりと旋回していた。蜂の羽音のような爆音が聞える。無人機ドローンによく似ている。

パキスタン軍もアフガン軍ももちろん国連PKF部隊も無人機は所持していないはずだ。いったいどこの国の無人機がタリバンを攻撃しているのだ?

「誰が無人機を飛ばしているのか、本部に照会しろ」

通信士が無線機に飛び付き、チャンネルボタンをいじりながら、本部に呼び掛けはじめた。

「こちら、UNPKO日本部隊、PKF本部、応答せよ。応答せよ」

通信士が必死に呼び掛けている。無人機はタリバン兵に無差別攻撃を加えている。両手を上げたタリバン兵が陣地の前の広場に駆け降り、みんな頭を抱えて伏せはじめた。土煙がタリバン兵の上に襲いかかる。被弾した兵士たちが転がり、のたうち回る。

「機関銃手!　無人機を撃ち落せ!」

風早2尉は命令した。これ以上、無人機がタリバン兵を攻撃するのは、止めさせねばならない。

「了解!」

装甲兵員輸送車の機関銃手が機関銃の銃口を無人機に向けた。

いきなり、闇夜に花火のような閃光がきらめいた。ミサイルだ。火矢が装甲兵員輸送車に向って飛んだ。

「危ない！」

叫ぶのと、装甲兵員輸送車に対戦車ミサイルが命中するのが同時だった。装甲兵員輸送車は大音響をあげて爆発した。風早2尉は爆風を受けて、土嚢の隅に叩きつけられた。息が詰まった。一瞬、頭がくらくらした。

いったい、何が起こったというのだ？　風早は事態が飲み込めなかった。目の前でUNのマークをつけた装甲兵員輸送車が黒煙を上げて燃えている。

「敵襲！　撃て撃て！」

元木陸曹ががなった。陸曹の八九式小銃が後方の闇夜に向かって轟音をたてた。

「対空ミサイル用意！」

兵士の一人がスティンガーミサイルを取り出し、土嚢の上に置いて構えた。

風早2尉はヘルメットを押さえ、土嚢ににじり寄った。

「発射していいですか！」

ミサイル要員は怒鳴るようにいった。風早2尉はヘルメットをこつんと叩いた。

「よし。撃て！」

轟音が耳元で起こり、白煙を上げたスティンガーミサイルが土嚢陣地から噴出した。バックブラストが背後の死体を焼く臭いがたった。

ミサイルの黒い弾体は赤い炎の尾を曳いて、まっしぐらに無人機へ伸びていく。無人機の一機を捉えて、ミサイルが命中した。

爆発音が轟き、閃光があたりを白く染めた。無人機は回転しながら、地べたに激突し、大爆発を起こした。

明るく燃え盛る光に照らされ、別の無人機の機影が鮮明に現われた。

アメリカ製のプレデターそっくりの無人機だ。

もう一機の無人機は上空を旋回していた。

その無人機がゆっくりと機首をこちらへ向けた。

まずい！　攻撃してくる！

風早2尉は暗視双眼鏡を覗きながら、思わず呟いた。

その時、一瞬、機影の一つから火矢が飛翔するのが見えた。火矢はまっしぐらに風早の隠れる土嚢陣地に向かってくる。

「逃げろ！」

怒鳴りながら、風早2尉は土嚢の陰に飛び込んだ。凄まじい爆発が起こり、風早は地べたに激しく叩きつけられた。電撃のようなショックが風早の背中を襲った。崩れた土嚢が風早の躰にのしかかった。

風早はそのまま奈落の闇に沈んでいった。

6

紀伊半島沖・日本海溝
5月2日　一二四〇時

「まもなく、大陸棚を通過、海溝に入ります」

操舵員が告げた。操縦席には二人の操舵員が座っていた。二人はジョイスティック式のハンドルを握っている。一人が潜航と横舵、もう一人が縦舵を担当している。

艦長の等々力勝《とどろきまさる》2等海佐は手摺りに捉まりながら、潜水艦が斜めに潜航していくのを感じた。

「無音潜航開始」「無音潜航開始」

復唱が返った。艦の全員が音をたてないように静まった。

海自潜水艦隊第2潜水隊群第4潜水隊所属SS610「あきしお」は、太平洋岸にそって、ルーティン・ワークの哨戒パトロール勤務に着いていた。主要な任務は、領海侵犯をする他国の潜水艦の発見、南西航路、南東航路の安全確保である。

「操舵員、深度九〇メートル。潜航角度十度。三分の一前進」

操舵員が復唱し、操舵桿を前に倒して、潜航を操った。床がやや斜めに傾き、艦体がゆっくりと沈んでいくのが分かる。

等々力艦長は発令所に立ち、手摺りを握りながら、操舵員の前のＣＲＴ（コナログ）を睨んだ。テレビ受像機に似たディスプレイに現われた艦の進路に目をやった。

ひっきりなしに甲高いソナー音が艦内に響いている。

ディスプレイに海底を象《かたど》ったイラストが描かれている。切り立った崖が迫った。

「まもなく大陸棚を通過。海溝に入ります」

操舵員が告げた。

『艦長、ソナーに反応』

ソナー室に入った大井副長の声がスピーカーから流れた。

「どこだ？」

『艦の後方です。だが、バッフルの干渉波のため、位置を特定できません』

バッフルは潜水艦の後方にスクリューが造る円錐形状の干渉波の空間だ。そのバッフルの干渉波はソナー音が通りにくく、バッフルの陰に入った目標を感知するのは非常に難しい。

等々力艦長は即座に操舵員に命じた。

「エンジン停止！」「エンジン停止」

操舵員が復唱した。もう一人の操舵員が深度計の針を読んだ。

「深度九〇」

「深度九〇を維持せよ」「深度九〇を維持します」

操舵員が操舵桿を握ったまま復唱した。エンジンが止まり、艦内が静まり返った。

等々力艦長は斜めに傾いだままの艦内を歩き、ソナー室のドアを開けた。ソナー室は薄暗い小部屋になっており、コンソールが並んでいた。ソナー要員たちがヘッドフォンを耳につけて、コンピューターのディスプレイの前に張りついている。副長の大井1等海尉が手摺りに捉まりながら、ディスプレイを覗き込んでいた。

艦はまだ惰性でゆるゆると海中を動いている。

「音源を感知しました」

広音域ソナーを扱うソナー員がディスプレイを指差した。青白いディスプレイに音源を示す斑点が波状の輪を造っている。

「音源をナンバー8《エイト》と登録」

「よし」

「8の位置は方位３００、距離八千メートルです。18ノットで、方位０４５に向かってます」

ソナー主任の戸田准尉が答えた。

「スピーカーに出せ」

すぐにスピーカーから低いエンジン音や重々しいスクリュー音、ざわざわという泡をたてる音が流れだした。大型船に間違いない。

「貨物船か？」

「おそらく10万トンクラスのマンモス・タンカーですね」

南西航路を東京湾に向かって北上しているマンモス・タンカーだ。中東からの原油を満載している。

「8《エイト》の他にも、何かあるのです」

戸田准尉がヘッドフォンに手をあてたままいった。

「クジラじゃないのか？」

黒潮と親潮の交わる小笠原諸島の近海には、春になると、求愛のためにクジラたちが回遊してくる。

「生体の音ではないのです。たしかに音源がある」

「どこだ?」

「いまサーチしています」

艦尾から曳航ソナー・アンテナを繰り出してある。曳航ソナーが慎重に辺りの者を拾っているのだ。

「新たな音源、探知。ナンバー9《ナイン》に登録」

狭音域ソナーを担当するソナー員が叫ぶようにいった。耳にあてたヘッドフォンを押さえている。ソナー主任がダイヤルをいじり、タンカーの音をカットする。主任はヘッドフォンに手をあてた。

スピーカーの音が消え、代わりに、かすかな電動エンジン音とエバキュレーション音が聞こえた。

「潜水艦です」

副長の大井1等海尉が囁いた。等々力艦長はディスプレイに見入った。ディスプレイにタンカーの斑点とは別の青白い斑点が点滅している。

「9の位置は?」

「方位220、距離四千。水深二五メートル。通常型潜水艦と思われます」

等々力艦長は大井副長と顔を見合わせた。ソナー室は緊迫した空気に包まれた。

水深二五メートルといえば、潜望鏡深度だ。

「速度は？」

「5ノット」

水中マイクから明瞭な水音が聞こえた。潜水艦が潜望鏡を水面に上げて、周囲を窺っている。

艦長の等々力勝2等海佐は艦の殻を通して、潜水艦のいる方角を睨んだ。

等々力艦長は首をひねった。この海域には、海自の潜水隊では僚艦の「ふゆしお」以外に哨戒航行をしている潜水艦はいない。

アメリカの原潜か、韓国海軍の潜水艦、それともロシア海軍の潜水艦か？　あるいは中国海軍や北朝鮮海軍の潜水艦という可能性もある。

「音紋から敵味方識別はできないか？」

等々力艦長はコンピューター解析要員にきいた。コンピューターには、これまで海中で蒐集《しゅうしゅう》した膨大な音声データの記録があり、スクリューのたてる泡の音や原子炉の稼働音、駆動軸の回転音などから、各国の潜水艦の艦首や艦名までも識別することができる。

中国海軍やロシア海軍の原潜は旧式なため、喧しい音をたてて航行しているので、なっている。

特定しやすかった。むしろ、通常型の最新潜水艦の方が騒音は少なく、判別しにくくなっている。

「いまのところ、識別できません。9の音をコンピューターにかけて、検索していますが、まだ照合するものがありません」

コンピューターのディスプレイを覗いていた要員が答えた。

国籍不明の潜水艦だ。

そうなると拾った音声を浮上した際にでも、人工衛星に上げて、ハワイのアメリカ海軍の潜水艦センターに送って、識別してもらうしかない。アメリカ海軍には、半世紀以上の間に集めた膨大な潜水艦データがあり、そこで照合してもらうのだ。それでも、アメリカ海軍が返答してくれるかどうかは判らない。アメリカ海軍は友軍ではあるが、海自の問い合わせに対して、機密を要する時には、答えてくれるとは限らない。

「発令所に戻る。警戒態勢に入る」

「了解」

大井副長は無電池電話で、魚雷発射室に警戒態勢に入るように告げた。いつでも、魚雷戦を開始できるように、魚雷発射要員をスタンバイさせた。

等々力艦長はソナー室を出ながら考えた。

このまま、こちらの気配を消して監視を続けるか？　それとも、はっきりとこちらの存在を示して、国籍不明艦を牽制するか？　戦時であれば、こちらの気配を消したまま、先制攻撃するのが最良の方法である。だが、いまは戦時ではない。相手にこちらはおまえの存在を知っているぞと分からせ、南西航路近海での行動を制約させるしかない。

「エンジン始動。デッド・スロー。取り舵一杯」

操舵員が復唱した。

艦首がゆっくりと左に回頭するのを感じた。

「針路２２０」「針路２２０」

ともかく、相手潜水艦に正対しておきたい。背後や後方から不意打ちの攻撃を受けることだけは避けておきたい。

相手の潜水艦が発する無機質なソナー音が艦の壁を打った。相手も必死に周辺の海域を探っている。

「あきしお」の艦体の外壁は、相手のソナー音を吸収する材質で覆われ、さらにソナー音を反射しにくい塗料を塗ってある。それでも、敵のソナー音を完全に吸収できるわけではなく、相手に優秀なソナー要員がいれば、こちらの存在をキャッチすることができる。

いったい、どこの国の潜水艦なのだろうか？　そして、なぜ、こんな日本海溝に潜んでいるというのだろうか？

もちろん、いま目標の潜水艦がいる位置は公海の海中であり、どの国の潜水艦であれ、航行は自由となっている。領海外であるため、潜水艦は浮上しなくてもいいことになっている。

まだ相手はこちらに気付いてない様子だった。気付いていても、知らぬ振りをしている可能性もある。敵愾心《てきがいしん》のない場合、互いに無用に刺激し合わないようにするのが暗黙の決まりだった。

「針路２２０」

「よし。深度そのまま。微速前進」「深度そのまま、微速前進」

操舵員が復唱する。

「艦長、どうしますか？」大井副長がきいた。

「しばらく、このまま監視を続ける」

等々力艦長は頭を振った。

実際、相手が敵対行為を仕掛けてこなければ、こちらから何かを仕掛けるわけにはいかない。戦時ならば先手必勝だが、いまは平和時なのだ。

「距離？」

「9との距離3800。速度を上げました。10ノット。潜航しています」

「深度は？」

「四八。五〇。……七〇、……八〇。潜航を止めました」

こちらとほぼ同じ深度に潜った。いったい、相手は何をしようというのだ？

等々力艦長はふと嫌な予感を抱いた。首筋にちりちりとした悪寒が走る。そんな時は決まって何か不吉なことが起こった。

『艦長！　魚雷発射音感知しました』

ソナー主任の声がスピーカーから流れた。

「なんだと！」

『二発です！　続いてまた二発、発射音感知』

合計四発。通常型の魚雷に違いない。必中兵器の誘導魚雷は高価で、よほどのことがない限り、一度に何発も発射しない。

「魚雷はどこへ向かっている？」

『全弾、40ノットの高速で、タンカーに向かってます』

「間違いないか？」

『間違いありません』

「なんてことだ！」大井副長は顔色を変えた。

「魚雷の到達時間は？」

『1分30秒』

深度九〇メートルの水中にいては、水上の船舶と無線交信はできない。無線交信するには緊急浮上せねばならず、たとえ、そうして無線連絡しようとしても、一分強の余裕しかないとすれば、回避させるための時間はない。

等々力艦長は決心した。

「戦闘用意！」「戦闘用意、全員戦闘配置につけ！」

副長が叫び、慌ただしく要員たちが配置についた。艦内を仕切る防水ハッチが閉められる。等々力艦長はマイクを摑んで話した。

「全乗組員に告ぐ。これは演習ではない。国籍不明潜水艦によるわが国船舶への無差別攻撃だ。本艦は、これから正当防衛の権利を行使して、敵艦を攻撃、これを撃沈せんとする。日頃の訓練の通りにやってくれ」

艦内に緊張が走った。

「魚雷戦用意！」等々力艦長は魚雷発射室に命じた。

『魚雷の種類は？』

「一、二、三、四発射管に一六を装塡しろ」

魚雷発射室から復唱が返った。

「五、六には、予備の八九を入れろ」

「あきしお」の魚雷発射管は片舷三門ずつの六連装水中発射管だ。一六は八九式有線誘導魚雷の後継として開発された一六式誘導魚雷である。

『艦長！　魚雷発射音を感知しました。方位２２０』

来たな、と等々力艦長は首筋を掻いた。

『また発射音！　こちらも方位２２０。二発とも高速で本艦に向かっています』

敵はすでに、こちらの存在を知っていたのだ。魚雷は数が少ないことから見て、誘導魚雷に違いない。

「到達時間？」

『1分20秒』

「マスカー出せ」「マスカー出します」

アタック・コーナーの要員が復唱し、いくつかレバーを下ろした。

艦の外壁に一斉にさわさわと泡が流れる気配がした。誘導魚雷は、アクティブ・ソナーを備えている。通常、誘導魚雷は高速で目標近くにまで航走した後、いったん速度を落とし、ヘリカル航走して、目標を探知しようとソナー音を撒き散らす。目標を探知すると、自らホーミング航走に入って、目標へ突進するのだ。そのヘリカル航走の段階で、ソナー音を空気の泡で攪乱し、目標として探知されないように欺瞞するのだ。

『魚雷発射準備完了』

魚雷発射室から返答があった。大井副長が等々力艦長の顔を見た。武器制御盤には、発射準備が完了した六個の赤いボタンが並んでいた。戦術システム担当の相沢2等海尉がいずれのスウィッチもオンにした。全武器システムがスタンバイの状態になっている。

魚雷には魚雷のお返しだ。等々力艦長はうなずいた。

「一番、発射！」「一番発射！」

副長は復唱し、一番魚雷発射管の赤いボタンを叩いた。

艦首の方角で、圧搾空気の漏れる音が響いた。

「二番、発射」「二番発射！」

副長は二番発射管の赤いボタンを拳で叩いた。また空気の漏れる音が響く。

等々力艦長は艦首の二本の発射管からスイムアウトした魚雷を想像した。二発の誘導魚雷は発射後十数秒で40から50ノットの高速になり、まっしぐらに目標に突進する。

『到達時間は、1分20秒』

敵の魚雷とほぼ同じ時間だ。

『敵艦、回避運動を開始！　急速潜航しています』

逃げようという魂胆だ。そう簡単に逃がすわけにはいかない。

『敵魚雷、ヘリカルに入りました』

ソナー室からの通報が入った。等々力艦長は冷静に命じた。

「マスカー全開」「マスカー全開」

こちらも回避運動をして、魚雷を躱《かわ》さねばならない。

「曳航ソナーを切り離せ！」

ソナーのロープを巻き上げている暇はない。

「急速潜航！　全速前進。潜航角度四五度！」

復唱が起こった。エンジンがフル回転しはじめた。艦は急角度で深海に突進していく。等々力艦長も大井副長も手摺りにしっかりしがみついた。そうでないと、四五度の急角度に傾いた床に踏張れない。

「面舵一杯！　全速旋回」「面舵一杯、全速旋回」

操舵員が復唱する。艦は潜りながら、艦首を右に回頭していく。

『敵魚雷接近します！　距離５００』

敵魚雷はマスカーに騙されず、本艦にロックオンして、ホーミング航走に入ったのだ。冷汗がどっと背筋に湧いた。等々力艦長は怒鳴った。

「相沢、攪乱弾発射！」「攪乱弾発射！」

相沢２尉は武器制御盤のボタンをあいついで叩いた。艦中央部の発射管から、連続して五インチ攪乱弾が発射された。魚雷を引き付ける囮弾だ。囮弾はくるくると回転して、誘導魚雷を引き寄せる。魚雷が接近すれば、近接信管が爆発して、魚雷を誘爆させる。

「衝撃に備えろ！」

等々力艦長は怒鳴った。手摺りにしがみつき床につけた足を踏張った。

「深度２２０」

「水平に戻せ！」「水平に戻します」

艦の床が水平に戻っていく。

『敵魚雷接近！　距離３００。40ノットに上がった。真っすぐこちらに向かってくる』

ソナー主任ががなった。敵魚雷が目標をロックオンしたのだ。

「取り舵一杯、全速反転急旋回」「取り舵一杯、急旋回」

今度は艦は左回りに急旋回を開始した。

『距離２６０。最初の敵魚雷、囮弾に食い付いた！　囮弾を追っている』

よし、と等々力艦長は心の中で叫んだ。

『離れた！　距離２８０』

いきなり爆発音が響いてきた。艦が大きく揺れた。艦内電灯が消えかかったが、すぐに戻った。一発目はなんとかやり過ごした。もう一発がある。

『二発目が接近！　距離３２０』

「攪乱弾発射！　連続発射！」

相沢2尉が復唱しながら続けてボタンを叩いた。鈍い発射音が連続した。

『敵魚雷接近！　距離２８０。38ノットで向かってくる』

等々力艦長は掌に汗を握った。大井副長も顔面蒼白になっている。

『距離２１０。なお接近』ソナー主任が告げた。

「衝撃に備えろ！」

回避できないか。等々力艦長は唇を噛んだ。

『距離170！　まだ囮弾に食い付かない！』

等々力艦長は艦が必死に旋回し、誘導魚雷の魔手から逃れようとしている様を思い浮かべた。

『距離120！　110……100を切った』

畜生！　やられるか？　等々力艦長は歯を食いしばった。

突然、艦の真上で爆発音が起こった。艦が激しく軋み、大きく揺すぶられた。艦内の電灯が消え、緊急用の赤灯になった。何人かの乗組員が壁や床に叩きつけられた。

震動が止み、赤灯が消えて、普通の明かりに戻った。

『敵魚雷、囮弾と接触！　爆破』

「艦内各部、損害報告！」

等々力艦長は怒鳴るように叫んだ。副長はようやく平静を取り戻した。

「エンジン・ルームで、蓄電池損傷。ガスが出てます。電力落ちています。負傷者二名出ました！」

「救護班、動力室へ行け」

等々力艦長は次々に指示を出した。

「予備電池に換えろ。第二戦速に落とせ」「第二戦速！」

「針路220に戻せ」「針路220に戻します」

艦の旋回が止まった。艦内にほっとした空気が戻った。

どこかで鈍い衝撃音が艦の外壁を通して聞こえた。続けて何発かの爆発も聞こえた。鈍くて重々しい爆発音だった。

「わが魚雷が命中したか？」

等々力艦長はソナー室にきいた。

『一発目は躱されました。囮弾にひっかかった様子です。二発目はまだ航走してます』

「あの爆発音は？」

『敵魚雷が、タンカーに命中した模様です』

「なんということだ！」

等々力艦長は唇を噛んだ。

「敵艦の位置は？」

『海溝深く潜航しています。距離4500。深度500。方位230』

限界潜航深度は430メートル程度が普通だった。それを上回る深度500を潜れる潜水艦は、かなり高性能の潜水艦であることを示している。

「艦長、追跡しますか？」大井副長がいった。

突然、どーんという新たな爆発音が伝わってきた。等々力艦長はすぐにソナー室に問い合わせた。

「いまの爆発音は？」

ソナー主任の准尉が意気込んでいった。

『二発目のわが魚雷が敵艦に命中しました』

艦内の乗組員たちがいっせいに歓声を上げた。大井副長もガッツ・ポーズをした。

等々力艦長は喜べなかった。同じ潜水艦乗りとして、誘導魚雷に追われる恐怖を感じたためだった。

『敵艦のエンジン音停止。深海に沈んでいきます。いま深度600を越えました』

等々力艦長は顎を撫でた。おそらく敵艦は日本海溝深くに沈んでいってしまうだろう。そうなると、どこの潜水艦かは永遠に不明になる。いったい、どこの国の潜水艦だったというのか？

大井副長が等々力にきいた。

「浮上しますか？」

「よし、急速浮上だ」「急速浮上します」

操舵員が応答した。艦は急傾斜を作って浮上を開始した。

艦は一気に海面に浮上した。要員がセイルの上部ハッチを開けた。等々力艦長は梯子を駆け登り、デッキの上に立った。四、五キロ離れた海面に黒々と煙を上げたタンカーがあった。赤い炎が巨大な船体を舐めている。双眼鏡を覗いた。

乗組員が必死に消化活動をしている様子が見えた。魚雷を船腹に受けた付近にぽっかりと口が開いている。そこから原油が流れだしている。

「海上保安庁と司令部に緊急連絡！　タンカーが国籍不明の潜水艦に攻撃を受けた。至急に救援されたし。わが艦は救助に向かう」

等々力艦長は副長に命じた。

どの国がわが国に不意打ちの攻撃をしてくるというのか？　等々力艦長は、新たな戦争の脅威に戦慄を覚え、武者震いをした。

7

パリ　シャルル・ド・ゴール国際空港
5月2日　午後八時二十五分

エール・フランスのエアバスA３００型機がゆっくりと滑走路に着陸しようとしていた。

シャルル・ド・ゴール空港は、赤や黄色、青や白色など色とりどりのライトが地べたにばらまかれ、まるで天空の星をちりばめたような光景だった。

西方真樹《にしかたまさき》は待合ロビーのラウンジに座り、エスプレッソを啜《すす》っていた。モスクワからの帰りに、パリで束の間の休日を取り、一夜明けて、今度はアルジェリアのアルジェに向かうことになっている。

スーツの内ポケットには、パリ経由アルジェ行きの航空券が入っていた。

二一時一〇分のエール・フランス２４００便。

フランス語と英語で、２４００便の搭乗手続きが始まったというアナウンスが場内に響きわたっていた。西方はゲートに目をやった。出国手続きをする出入口の前には、長い行列が出来ていた。フランスに出稼ぎに来ていた大勢のアルジェリア人たちが賑やかに話し合っている。

西方は足元に置いたキャプテン・ケースを取り上げた。そろそろ搭乗手続きをしておかないと、２４００便に乗り遅れかねない。シャルル・ド・ゴール空港はゲートまでの距離が遠い。アフリカ諸国への出発便の場合、ゲートまでバスで移動しなければならない。

突然、胸のポケットに入れたスマホが振動をはじめた。西方は訝りながらスマホを出し、耳にあてた。

『ムシュー・ニシカタ？』

聞き覚えのない女性の明るい声が聞こえた。西方は、そうだ、と答えた。

『重大なお知らせがあります。これから黙って、私の指示に従って動いてください』

流暢《りゅうちょう》なフランス語だった。西方はむっとして、声の主にいった。

「あなたは何者です？」

『フィオレ。とりあえずは、それでいいでしょう』

「フィオレ？　おれはあなたを知らない」

『私を信じて。あなたは、いま敵に監視されています』

「監視？　誰に？」

西方は周囲を見回した。そういえば、先刻から、誰かに見張られているような感じがしてならなかった。警戒はしていたが、この場では動きが取れないので、じっと我慢していたところだった。

『あなたたちを快く思わない人たちにです』

「あなたたちこそ、その快く思わない人たちなのではないかね？」

『あなたの座っている斜め後のテーブルを見て』

西方は首を回し、斜め後のテーブルを見た。

『頭は動かさないで。目だけで、相手を見て』

テーブルには若いカップルが座り、コーヒーを啜っていた。二人は旅行者らしく、傍らに旅行用のスーツケースを立てている。二人はテーブルの上に開いた旅行用のパンフを覗き込みながら、楽しそうに話し合っていた。まるで新婚さんのように仲睦まじい。こちらには、まるで関心がない様子だった。

「あの新婚さんが見張っているというのかい？」

西方はにやにやした。

『彼らは監視チームの一組です。見なさい。テーブルに置いてあるバッグを。バッグに仕込んであるカメラがあなたを撮している』

西方は顔は動かさずに新婚さんのテーブルに目をやった。確かにテーブルに女性のバッグが無造作に置かれており、そのバッグの側面に付いている小さな穴がこちらを向いていた。小さな穴はレンズなのだろう。

『ほかにも、監視チームがいます』

「どこ？」

『エール・フランスの手続きカウンターの前。ソフト帽を被った男』

西方はエール・フランスのカウンターに目をやった。そこには、やはりスーツケースを立てた一人の紳士が電光掲示板を見上げていた。彼はソフト帽を被り、電光掲示板に表示されている出発便案内を眺めていた。

西方は紳士に目を凝らした。冷汗が吹き出た。紳士には、どこかで見覚えがあった。そうだ。昨夜、知人と会ったカフェで見かけた男だった。その時にはソフト帽は被っておらず、カフェの隅でフランス語の新聞を読んでいた。

『他にも、あちらこちらにエージェントたちが数人張り込んでいます』

「あんたこそ、どこから、おれを見ているんだ？」

西方はあたりにそっと目を配った。どこかで、おれを見ながら電話をしている女がいるはずだ。出発ロビーには、人の波がごった返していて、どこにフィオレと名乗る女がいるのか、判別しにくかった。

『私のいう通りに動いてください。彼らは、あなたが2400便に乗ると思っている。いいですか、よく聞いて。あなたはカウンターに行ったら、手続きをする振りをして、そのまま人込みに紛れて、ロビーを出てください。そこで、わたしたちが待っています。あとは彼らをまいて、空港から出るのです』

「なんだって？　おれは2400便に乗らなければならないんだぜ」

『乗らないで下さい』

「どうして？」

『あなたの命がかかっている』

「おれが狙われているというのか？」

『そうです』

「誰がおれの命を狙っているというんだ？」

『それは、あなたも知っているはずです』

「おれが知っているって？」

西方はごくりと喉を鳴らして唾を飲んだ。女はおれの仕事のことも知っている。おれを狙う人間といえば……。おれの重要な秘密のミッションを知っている連中しかない。しかし、いったい、どこで秘密が漏れたというのだ？　そして、誰が、そのミッションを妨害しようというのだ？

『ともかく、いまは私を信じて、いうことを聞いて』

「信じられないな。きみこそ、何を企んでいるのだ？　なぜ、おれをアルジェに行かせようとしない？」

西方は額に浮かんだ汗を拭った。

『わたしたちは、あなたの味方です。ソフト帽の男をよく見て。黙って聞いて。彼らは集音マイクで、あなたとわたしの会話を聞こうとしている』

西方は口をつぐみ、ソフト帽の男に目をやった。ソフト帽の男が手に持ったこうもり傘の柄をさりげなく西方のいる方角に向けているのが見えた。

ソフト帽を被った男はこうもり傘の柄を西方に向けながら、いったん電光掲示板の前を離れたものの、今度は待合コーナーの隅の椅子に座って、新聞を拡げて読みはじめた。こうもり傘の柄の先端は西方に向けられたままだ。集音マイクだ。だが、電話の女のいうことも信じられない。

フィオレが何度もわたしたちという複数の主語を使ったのを聞き逃さなかった。

西方は口元を手で覆い、圧《お》し殺した声で送話口に囁いた。

「どうして、きみたちが味方だと信じることができる?」

『ここは、わたしを信じてもらうしかありません。彼らは、わたしたちとあなたたちの共通の敵だからです』

「共通の敵?」

ロビーにフランス語で、アルジェ行き2400便の最終案内が流れだした。西方は迷っていた。

『時間がありません。すぐに、わたしたちのいう通りにしてください。近くのカウンターに行き手続きをして。でも乗ってはだめ。後は、わたしたちに任せて。幸運を祈ります』

電話が切れた。西方は携帯電話を仕舞い、キャプテン・ケースを手にゆっくりとエール・フランスのファースト・クラスの受付カウンターに立った。小粋な青と白の制服を着た女がにっこりと微笑み、西方を迎えた。西方は意を決して、パスポートと航空券をカウンターの上に置いた。

「ムシュー・ニシカタ。2400便ですね。予約は頂いています。機内はすべて禁煙となっていますので、よろしく。窓側の席がよろしいですか、それとも通路側の座席がお望みですか？」

「通路側でいい」

制服の女はコンピューターのキイを叩きながら、ディスプレイを覗き込み、鼻に小さな皺を作った。それから、ちらりと西方に目をやり、しきりにキイを叩き直した。

「少々、お待ちを。座席が込みあっていまして、お望みの座席があるかどうか」

西方は女の表情が一瞬曇ったのを見逃さなかった。女は救いを求めるように、隣のエコノミーの客を受け付けている男性職員に手元のディスプレイを見せた。男性職員はなにごとか、とディスプレイを覗き込んだ。ついで、西方に目を向けた。

「何か、危険物をお持ちではないですか？」

「いや、危険物など持っていないが」

「機内に預ける手荷物は？」

「これだけだ」

足元のキャプテン・ケースを目で差した。キャプテン・ケースは機内に持ち込めるようコンパクトにまとめたケースだった。どんな航空会社でも機内に持ち込めるサイズとして許容されている。

男性職員は青い目を細め、困った顔をした。

背後に人が近寄る気配がした。西方は振り向いた。目付きの鋭い私服の男が二人、西方を両脇から挟むように進み出た。二人の男たちの背後には、空港警備隊の兵士が三人、緊張した面持ちで短機関銃を胸に抱えていた。

「ムシュー、国境警備隊です」

頭の髪が薄い男が低い声で告げた。もう一人の顎のえらが張った男は、黙ってカウンター越しにパスポートと航空券を摘み上げ、相棒の髪の薄い男にうなずいた。

「ちょっと別室まで、ご同行願えませんか」

髪の薄い男がぐいっと西方の左腕を取った。えらの張った男が右腕を取る。有無をいわせぬ態度だった。西方はキャプテン・ケースを持たされ、二人に両脇から腕を取られ、ロビーを歩きだした。ソフト帽を被った紳士が、じっと西方たちを見つめていた。新婚さんのカップルも、じろじろと西方を怪しんでいる。ロビーにいた観光客たちが一斉に好奇心丸出しの目を西方たちに向けた。

「いったい、何の容疑だ？」

西方は二人の手を払おうともがきながら抗った。だが、屈強な体付きの二人はびくともしなかった。二人は強引にひきずるように西方を連行した。三人の兵士たちが油断のない目を周囲に向け、西方たちを護るように歩いていく。

西方はロビーの奥にある空港係員用通路に連れていかれた。通路の出入口には完全武装の兵士が、やはり短機関銃を構えて見張っている。通路をしばらく行くと、部屋があり、西方はそこに入れられた。

ドアが閉まった。頭髪の薄い男が、西方にパイプ椅子に座るように促した。西方はケースを置き、パイプ椅子に座った。

「航空会社のカウンターに通報がありましてね。ムシュー・ニシカタ、あんたが、危険な放射性物質を無断で機内に持ち込もうとしているという、ある筋からの通報があった」

「まさか。放射性物質なんか持っていませんよ」

ドアが開き、二人の白衣姿の職員が入ってきた。彼らは手にはゴム手袋をはめ、小脇にガイガー・カウンターを抱えている。

女性職員がガイガー・カウンターをケースに近付けた。カウンターは、ぴくりとも反応しなかった。白衣姿の男性職員がマスク越しにこもった声を立てた。

「念のため、カバンを調べさせて貰います」

「開けて、いいかね？」

髪の薄い男は顎をしゃくり、西方のキャプテン・ケースに目をやった。西方はうなずいた。

「どうぞ。いくらでも」

「鍵は？」

「かけてない」

白衣姿の男がケースを机の上に載せ、蓋を開けた。ガイガー・カウンターを向けた。まったく音はたたず、静まり返っていた。

私服の男たちは顔を見合わせ、ケースの中身を机の上に出した。シャツや下着、靴下、ネクタイなど身の回りの物と、分厚い書類が並べられた。

「何もないだろう？」

「悪いが、身体検査をさせて貰う」

「馬鹿な」

顎のえらが張った男が近寄り、西方の両腕を上げさせた。

白衣の男がガイガー・カウンターの先を西方の躰のあちらこちらに押しつけた。上から下まで丹念に調べていく。

「ポケットのものを全部出してもらうよ」

頭の薄い私服がなおも命じた。西方はしぶしぶとポケットに入れておいたものを出し、机に並べはじめた。ライター、ペン、手帳、ハンカチ、煙草、財布。私服はそれらのものには興味なさそうにちらりと眺めただけだった。

「服を脱いでもらおう。裸になってもらう」

「日本大使館に連絡したい」

「服を脱いでからだ」

「おれは日本人だ。日本大使館員の立合いを要求する」

「いうことをきかないのなら、力ずくでも脱がせるぞ」

二人の私服は西方に向き直った。

通路の方から、アルジェ行き2400便の最終案内が響いていた。いまからでは、とうてい間に合いそうもない。西方は頭を振った。

「分かった。脱ごう。だが、もし何も出てこなかったら、承知しないぞ」

西方はやむえず、ジャケットを脱いだ。ネクタイをゆるめた。

突然、卓上の電話機が鳴りだした。えらの張った私服が無愛想な顔で受話器を取り上げた。受話器を髪の薄い男に手渡した。

髪の薄い男はじろりと西方を睨みながら、二、三言、受話器の向こうの人間と、早口で話をしていた。やがて、私服はおもむろに受話器をフックに戻した。

髪の薄い私服の男は、もう一人の男に何事かを囁いた。えらの張った男は舌打ちをして、西方にジャケットを放り投げた。

「もう、いい。上着を着ろ」

「何だと？」

「釈放だ。行っていい」

髪の薄い男はジタンを取り出し、銜え煙草をした。マッチで火をつける。

「いまさら、なんだ？　一言の謝罪の言葉もないのか？」

西方は憤然としていった。私服たちは、両手を上げて、仕方がないだろうという仕草をした。

「いったい、どういうことか、わけを話してもらいたいな」

「文句があったら、上にいってほしいな。俺たちは、上からの命令で、あんたのことを調べただけなんだからな」

髪の薄い男は天井を指差した。

西方はジャケットを着込み、机の上に散乱した私物をケースに乱暴に詰め込んだ。

「このことは、外務省を通じて、貴国政府に厳重に抗議する。あんたたちの名前と所属を聞きたい」

「俺はピエール、こいつはジャン」

「ありふれた名前だな。名刺を貰いたい」

「そんなものは持ってない」

「では、所属とフルネームをここに書いてくれないか。メルシ」

西方は手帳を差し出した。

薄い髪の男は苦虫を嚙んだ顔で、えらの張った男と顔を見合わせたが、肩を竦《すく》めて、ボールペンを取った。手帳にすらすらと走り書きをした。えらが張った男も、不満そうに鼻を鳴らし、ペンを走らせた。


西方は出発ロビーに戻った。すでにエール・フランス２４００便アルジェ行きは出発した後だった。相互乗り入れのアルジェリア航空の便も、終わっていた。明日にならなければ、アルジェ行きの便はない。

西方はロビーを出て、到着ロビーに降り、客待ちしていた空港タクシーに乗り込んだ。今夜は、いったんパリ市内のホテルに戻るしかない。

タクシーは夜の高速道路を走りだした。西方は後部座席に身を沈め、パリの夜景に見入っていた。タクシーの運転手がラジオを点けた。

流行のポップスが流れていた。曲が不意に小さくなり、男のＤＪがひんやりとした声でニュースを読み上げた。

『……いま入ったばかりのニュースだ。パリ発アルジェ行きのエール・フランス機が地中海上空で消息を絶った。便名は九時二五分発の２４００便。乗員乗客二六七名が搭乗していた。沿岸警備隊は同機が墜落したと見て、救難捜索機を飛ばすことにした。……』

「ちょっと、ボリュームを大きくしてくれ」

運転手は音量の摘みをいじった。ＤＪの声が大きくなった。

『……同じ航路を飛んでいた航空機の乗員が、上空で火の玉になった同機が墜落していくのを目撃したそうだ。治安当局は破壊工作の可能性があるとして、捜査に乗り出す方針だ。どうやら、ただの事故ではなさそうだね。みんなで乗員乗客の無事を祈ることにしよう。……』

西方は身じろぎもせずにニュースに聞き入っていた。運転手の男が肩越しに振り返りながらいった。

「やだねえ。飛行機事故はねえ。わしなんか、空港の送り迎えするだけで、一度も飛行機に乗ったことがないから、事故に遭うようなことはないが」

　スマホが震動した。西方は急いでスマホを取り、通話のボタンを押した。

『アロー、ムシュー・ニシカタ？』

　フィオレの声が聞こえた。

「ああ、おれだ」

『無事で、よかった。間に合ったわね。どうせ、あなたは私のいうことを信じないで、あの便に乗ろうとしたでしょう。だから、緊急の手配をして、あなたを拘束させたのよ』

「あんたたちは、いったい何者なんだ？」

『……ギデオン騎士団』

　女は静かな口調でいった。西方は顔をしかめた。

　ギデオン騎士団？　ギデオンは旧約聖書に出てくるユダヤ人の英雄の名前だ。ユダヤ人の組織？

『これで、私たちが、あなたたちの味方だということが分かったでしょう？』

　西方は複雑な気分で口籠もった。

　もし、自分があのまま２４００便に乗っていたら、二六八名の犠牲者たちの一人として、消息不明機と運命を共にしていることになる。自分だけ乗り合わせずに助かったのが、他の乗客や乗員に済まない気がする。

もし、フィオレたちが、２４００便が墜落するのを事前に知っていたというのなら、なぜ、警察や航空会社に報せなかったのか？　そうすれば、西方だけでなく、全員が助かったかもしれないのだ。

「あんたたちは、こうなると知っていたのか？」

『そんなことはありません。わたしたちは神ではないのですから、先のことまでは分かりません』

「いや、知っていたんだ。それで、フランス公安当局に、おれが乗るのを妨害させたんだ」

『どう思おうと、あなたの勝手です。ただ、これはお忘れなく。あなたの命を救ったのは、わたしたちだということをね』

「おれに恩を売るのか」

フィオレはくすくすと笑った。

『ともあれ、いずれ、またお会いしましょう。オーボワール』

フィオレの声が電話の向こうに消えた。西方は呆然として、スマホを握っていた。

第二章　対テロ秘密戦を準備せよ

1

ロンドン郊外・大英帝国王立図書館
5月3日　午前十時

ロンドンの五月はすっきりとした晴れた日は少なく、まだ初春のように肌寒い。

それでも公園の樹林を覆う新緑は、どんよりと曇った空の下でも、確実な春の到来を告げていた。

海野遥《うみのはるか》は窓ガラスを鏡にして髪の形を直した。窓の外の公園の樹林に目をやりながら、ハーブ茶《ティー》の香りを鼻で嗅いだ。隣のコンソールでは、長身のミス・ジュリアが背中を丸めるようにして、コンピューターのキイを叩いていた。奥のコンソールでは、ヘッドフォンをつけたラメシュ主任が分厚い古書のページをめくり、記録を取っている。ラメシュ主任はインド系イギリス人だ。キリスト教徒に改宗しているので、ヒンドゥー教徒のようにターバンを頭に巻いていない。

司書室は静まり返り、わずかにラメシュ氏のヘッドフォンからインド歌謡の旋律が漏れてくるだけだった。それとて、ほとんど気になる騒音ではない。

遥は茶を啜り、テーブルの上に拡げたロンドン・タイムスのページをくった。

一面には、日米英仏独などにロシア、中国を加えた先進九ヶ国首脳会議がフランスのニースで開催され、深まる金融不安とエネルギー不足問題、核拡散防止対策、破産寸前にまで財政難に陥った国連の再建問題、ますます凶悪化するイスラム過激派のテロリストやテロ支援国対策など、これまで山積みされた重要懸案について、延々と話し合いが行なわれていることが報じられている。

会議の内容は、非公開のため、ほとんど漏れてこないが、各国の利害が対立して、会議は遅々として進んでいない模様だった。

こんな会議を「小田原評定」というのね。

海野遥は、遠い昔、日本人の祖父の膝に抱かれて、そんな話を聞いた覚えがある。

日本人の父と英国人の母は、私を日本人としても立派に通じる人間にしようとした。そのため、両親は私に日本の生活習慣や躾《しつけ》を身につけさせるために、横浜の祖父母に稚《おさな》い私を預けた。私は高校生になるまで、祖父母の元で育てられた。

日本人の父・海野聡は外交官で、いつも世界各国を渡り歩き、一ヶ所に席を温めることがなかった。そのために、英国人の母・シンシアは、仕事人間の父に愛想をつかしたのに違いない。両親は離婚し、私は母と一緒に、母の国イギリスで暮らすようになった。

その母シンシアも、いまは天国に召され、私は一人ぼっちになっている。シンシアは、貴族階級の出身で、母の両親、つまり私の英国人の祖父母は、日本人の父との結婚に大反対だったらしい。そのため両親から母は勘当されていた。だから、私は英国人の祖父母と会うこともなく、母の実家からも援助を受けることもせず、一人で生きていかなければならないのだ。

それでも、この国の社会には、女が一人暮らしで十分にやっていけるだけのゆとりがある。伝え聞くところによれば、おそらくもう一つの祖国日本に居たら、父の援助なしには生きてこれなかったに違いない。日本は、まだまだ男尊女卑の男社会であり、女が経済的に自立して働くことができない国ということだった。

遥は溜め息をつきながら、ページをめくった。

国際面には、あいかわらず中東での戦闘が止まないので、各地に展開した国連平和執行軍（ＰＫＦ）がいずれも苦慮していることが報じられている。

昨日もまた、アフガニスタンの東南部国境地域で、大規模な戦闘があり、国連平和維持軍日本部隊に多数の死傷者が出たとある。

国連が一方的に決めたイラク領内非武装地帯で、イスラム国が国連の警告を無視してクルド共和国への侵攻を始めたため、国連平和執行軍の空軍部隊が空爆を行なっている。平和執行軍空軍機が複数撃墜されたともある。

アフリカのナイジェリアやスーダンでも、イスラム過激派が「イスラム国」を名乗って武装闘争を始めた。

ウクライナでは、親ロシア派勢力が分離独立の戦闘を続行しており、依然内戦状態にある。

中国は台湾の独立を阻止するためまたも国連の警告を無視して、台湾に五発の大陸弾道弾攻撃を行なった。台北、高雄など主要都市で、民間人が多数死傷した模様だ。

いつになったら、戦乱が始まり、人々が安心して暮らせるというのか？　２００１年９・11テロ以来、対テロ戦争はますます拡がるばかりで、治まる気配はない。あちらを叩けば、今度はこちらが顔を出す。まるでモグラ叩きを思わせる。

経済面にも、為替市場の混乱が続いていた。大量のアメリカ・ドルが売りに出され、ドル安になっている。連動してユーロが値を下げ、反対に日本円が急騰していた。国際投機筋が一時的な儲けを求めて、円買いに走っているらしい。通貨不安が株式市場にも影響して、今朝のロンドン市場も株式が軒並み下落しているとあった。

その一方で、円に対する不安材料もいくつか出てきており、円は乱高下している。

不安材料は原油価格とシェールガス価格の急騰だった。カスピ海から黒海に抜ける国際パイプラインがチェチェン共和国領内で、何者かに数ヶ所にわたって爆破され、カスピ海油田の原油の輸送ができなくなったためだ。いままでは、カスピ海油田の石油は、世界の供給量の五分の一にまで拡大していた。カスピ海油田開発には、米仏独露日五ヶ国の資本が参加しており、生産された石油の大半はロシアや欧州連合、日本向けとなっていた。とりわけ日本は、中東の石油についで、カスピ海油田への依存度を増しつつあるところだった。

その日本では、横浜港に向かっていたマンモス・タンカーが国籍不明の潜水艦に攻撃され、魚雷が船腹に命中、大量の原油が相模湾に流出した。そのため、日本近海の海上輸送路の安全が保障されないというので、日本へのタンカーの運航が見合わされていた。そのあおりもあって、先行きの原油不足感から原油の価格がじりじりと上がっていた。それに伴い、石油関連企業の株も一斉に買われ、代替エネルギーとして輸入比率の増大していたシェールガスも急騰している。

遥は茶を啜りながら、時計に目をやった。

そろそろ、図書館長が顔を出す時刻だった。図書館長のベイスンさんは、決まって、午前十時に司書室のドアを開き、遥たち司書たちが指示された仕事を行なっているかどうかのチェックをする。どうせ、机に向かって、資料を整理していても、本当は私用の仕事をしているかもしれないのに、館長はそんなことにはお構いない。職員たちが真面目に席についていれば、館長は満足なのだ。

新聞を隅から隅まで読んで、重要と思われるいくつかの事項とキイワードについて、後でコンピューターに記憶させておくのが、遥の仕事であった。そうして蓄積されたデータが、誰のために、何の役に立つかは、遥の知ったことではない。

ページをめくり、ふと、国際社会面で手を止めた。

イスタンブールのアパートで、ロシア人亡命者夫婦が殺されたというベタ記事が載っている。

遥はソーサーに茶碗を置いた。記事を丹念に読み直した。

昨日未明、イスタンブール市街地で、複数の男たちがロシア人亡命者夫婦の家に侵入し、就寝中の夫と奥さんを射殺して逃げ去った。部屋の中は荒らされていた。犯人たちは夫婦を殺害した後に、部屋を物色したらしい。

目撃者の語ったところによると、犯人たちは犯行後、二台の車に分乗して逃亡した模様。被害者夫婦の身元については、現在捜査当局が捜査中とあった。

アパートを貸した大家によると、被害者夫婦がセルゲイ・ヴォローノフと、その夫人と名乗っていたが、偽名を使っている可能性もある。警察の調べによると、散乱した被害者たちの遺品の中に、何通かの手紙が残されており、その手紙には当人たちとはまったく別の名前が記してあったからだ。その別名については記事には載っていない。

遥は鉛筆立てから赤鉛筆を抜き出し、記事を赤線で囲んだ。

机にあるコンピューターに向かって、キイを叩いた。ディスプレイに、セルゲイ・ヴォローノフの名前が現われた。過去のデータに、同じ名前はないか検索にかける。コンピューターは瞬時に図書館にファイルされてある人名に当たって回答した。

「該当者なし」

これは予想した通りだ。

遥は辺りに目をやり、誰も覗き込んでいないのを確かめると、キイを叩いて、大英帝国内務省のコンピューターに接続した。ＩＤカードを差し込み、身元確認をさせると、さらに10桁の暗証番号を打ち込んだ。

まもなくディスプレイに『接続許可』の文字が浮かぶ。「セルゲイ・ヴォローノフの事件」についてファイルを要求した。

ややあって『クラシファイド（秘密）』の文字が現われた。『レベル3以上の幹部職員以外は閲覧不可』の文字が併記された。

遥は鉛筆の尻を噛りながら、引き出しを開け、中から手帳を取り出した。ページをめくり、以前に調べたレベル2の幹部職員の名前を入れた。10桁の暗証番号と、暗号コードをコンピューターに入力した。

ディスプレイが一変して、画面にセルゲイ・A・ヴォローノフの名前が浮かんだ。正面から撮った写真と横顔の写真がついている。

『偽名。本名はピョートル・アレクサンドロビチ・ガングス。元ロシア国防軍技術大佐。アルザマス16基地管理部隊勤務。67歳。……』

アルザマス16基地？

遥は首を傾げた。以前にも、何度か見たことのある名前だ。

『……ピョートル・アレクサンドロビチ・ガングスは、２００1年2月、在モスクワ英国大使館に亡命を求めたことがある。大使館員が本人の指定した場所に行ったが、本人から突然にキャンセルし、亡命の話は立ち消えになった。調べによれば現場にはロシア秘密警察の要員が張り込んでいたので、本人はそれを察知して、亡命を断念したと見られる。その後、彼からの連絡はなし。……』

ドアがとんとん叩かれた。同僚のジュリアがコンピューターのディスプレイから顔を上げ、返事をすると、ドアがさっと開いた。ひんやりとした外の空気が流れこんだ。

遥は急いでキイを叩き、コンピューターに今回の事件の詳細を要求し、データのダウンロードを指示した。

「お早う。ミス・ジュリア、ハルカさん、ミスタ・ラメシュ」

ドアから、白髪のベイスン館長が顔を出した。

「お早ようございます」「お早ようございます」

ジュリアと遥は愛想笑いの顔を館長に向けた。奥のラメシュ主任もいつものようにうずたかく積まれた本の山越しに手を挙げて、館長に出勤していることを示した。

コンピューターのディスプレイが変わり、ダウンロードしたデータがプリントアウトしはじめた。遥も館長に何食わぬ顔で挨拶する。

ベイスン館長は溜め息をつき、遥に向かっていった。

「ハルカさん、忙しいですかな。あなたに、面会人です。館長室に来てくれますかな」

面会人？　遥は頭を捻った。

「誰でしょう?」

「日本人ですが」

遥は日本人ということで、首を傾げた。誰だろう?　訪ねて来るような日本人の知り合いはいない。

「片付けが終わったら、行きます」

「すぐに来てほしい。お客さんはお急ぎらしい」

館長は少し顔をしかめ、苛立った声で答えた。遥はジュリアと顔を見合わせた。遥が図書館の司書室に入ってから、まだ三年に満たないが、一度として、館長が顔をしかめるようなことはなかった。ジュリアはここへ来て三十年になるが、彼女も驚いて館長の顔を眺めていた。

「すぐに行きます」

遥はコンピューターのキイを叩き、ダウンロードを中止した。内務省のコンピューターとの接続を切り、図書館機能に戻してから席を立った。ジュリアが口元をちょっと緩め、片目を閉じて笑った。

遥はうなずき返し、戸口から出ていった。館長はやや強ばった顔で遥を迎え、廊下の先の館長室に促した。

館長室に入ると、背の低いがっしりとした体格の中年男が笑顔で遥を迎えた。手にソフト帽を弄《もてあそ》んでいる。

「海野遥さんですな。親しい知り合いの顔をしてください」

中年男は笑顔を絶やさずに日本語でいい、さも親しげに遥の躰を抱擁した。遥は身を硬くした。

「あなたは？」

「香西《こうさい》です。香西衛《まもる》。あなたのお父さんの友人です」

香西と名乗った男は遥の手を握り、館長に英語で話しだした。

「十年ぶり、いや、もっとなるかもしれない。この子がまだ十代の少女だった頃に、日本で別れたのですからねえ」

「そうでしたか。それは懐かしいでしょうな」

人のいい館長は、香西の話に相槌を打った。

「ハルカさん、積る話もあるでしょうから、私は遠慮しましょう」

遥は慌てて館長を引き止めようとした。だが、香西が遥の手を摑んだまま、離さなかった。香西は真顔で囁いた。

「内密な話があります。私を信じて」

「でも、私はあなたを知らない」

「海野聡さんが危険な目に遇《あ》っています。あなたの助けが必要なのです」

父が危険な目に遇っている？

遥は抗うのを止めた。館長がドアの陰から、大丈夫かという目で遥を見た。遥は大丈夫だと、うなずき返した。ドアが閉じた。遥は身構えた。

「私を信用して下さい。大丈夫。まずは座って」

香西は手を放し、遥にソファに座るように命じた。その声は自信と威厳に満ちており、人を否応なしに従わせる迫力があった。

遥がソファに座ると、香西も向かい側の長いソファに腰を下ろした。もぞもぞとスーツのポケットを探っていたが、やがて煙草の箱を取り出した。

「いいですかな？」

「館長室は禁煙になっています」

香西は肩を竦め、出した煙草の箱を、またスーツのポケットに戻した。

「遥さん、英語がいいですか？　それとも日本語がいいですか？」

「どちらでも」

「では、誰かに立ち聞きされては困るので、日本語で話しましょう。あなたが警戒なさるのも、無理はない。実は、私はこういう者です」

香西と名乗った男はスーツの内ポケットから名刺入れを出し、名刺を抜き出した。

香西　衛
五大陸商会情報管理本部第二部長
聞いたことのない商会の名前だった。商会の本社の住所は東京都千代田区のオフィス街になっていた。

「あなたは父と、どういうご関係なのですか？」

「古くからの友人です。かつて、お父上も私も同じ部所で働いていました」

「父は確か外交官をしていたはずですが」

「はい。しかし私もお父上も数年前に外務省を辞めました。そして、一緒に五大陸商会に移った。海野さんは、現在、五大陸商会第一営業本部長になっています」

営業本部長？　いったい、どんな仕事をしているというのか？

「あなたが最後に、お父上に会ったのは？」

「高校生の時でしたから、いまから十年ほど前になるかしら」

遥は父の面影を思い出そうとした。だが、不思議なことに、父がどんな顔をしていたのか、はっきりとは思い出せなかった。

「あなたは遥さん、海野聡さんの一人娘だ。お母さんはシンシアさん、英国人でしたね。いまは他界された。お父さんとは生前に協議離婚したのでした。間違いありませんね」

「なぜ、そんなことを訊くのです？」

「念のためです」

遥は不快感を顕《あらわ》にした。

「父が、いったい、どうしたというのです？」

「お父さんは、誘拐され、いま人質になっているのです」

「人質ですって？」

遥は息を呑んだ。

「そうです。海野部長は社用で、トルコ経由でイラク北部のクルド共和国に入った。そこで消息を断った。我々の調査では、そこで捕まり、監禁されていることが分かったのです」

クルド共和国は旧イラク領北部地域に創られたクルド人の独立国家だった。国連で承認されたばかりで、まだ国境が定まっていない。

「クルド政府の警察が逮捕したのですか？」

「いや。クルド共和国なら、まだ話は早い。わが国とクルド共和国は友好関係にあり、政府が裏から手を回せば、なんとか釈放される可能性がある」

「では、誰が父を？」

「お父さんたちを拉致したのは、イスラム国のイスラム過激派組織です」

遥は香西が父たちと複数でいったのを聞き逃さなかった。

「父以外にも、誰か一緒に拉致されたというのですか？」

「お父さんと部下二人、現地スタッフ二人の計五人が囚《とら》われの身です。現在のところ、全員が生きていることだけは分かってます」

「いま、どこにいるというのです？」

「トルコとの国境に近いイラク領の山岳地帯に連行されたらしい。イスラム国の支配地域です」

「人質と交換で、何か要求が出ているのですか？」

「まだ出ていない。それで困っているのです。要求が出ないと、こちらも対応のしようがない」

香西は悲しげに頭を振った。遥は恐る恐るきいた。

「では、父は助からないのですか？」

「絶対に我々が助けます。そのためにも、あなたの助けがほしいのです」

遥は信じられない思いで香西を見た。

「私の助けがほしいですって？」

「ええ。あなたの技能が必要なのです」

香西はにやっと笑った。

「私の技能が？」

遥は目を細めた。香西は急に声をひそめた。

「去年の夏、これまで鉄壁を誇っていた防衛庁のスーパー・コンピューターに、外部から密かに侵入したハッカーがいた。それもほとんど痕跡も残さずにね。普通の自己顕示欲の強いハッカーなら、得意気に侵入した印をつけたり、プログラムにウィルスを注入したりして悪戯するものなのですが、そのハッカーはあることを調べたら、それだけで幽霊のように何もせずに引き揚げた。それで、我々はそのハッカーをファントムというコード名をつけ、以来ずっと張り込んでいた。そこへ先日、またファントムが二重三重の防衛ラインをものともせず侵入して来た。これには張り込んでいた我我がスタッフも舌を巻いた。今度は我々もどうにか、いくつかの手がかりを得ていたので、回線を辿り、順次調べていったら、ロンドンのここに行き着いたというわけです」

「……」

遥はごくりと生唾を呑んだ。香西の表情のないまなざしに吸い込まれてしまい、金縛りにあったように身動きが取れないでいた。

「責めているのではありません。我々はファントムを尊敬しているのです。敵ながら天晴《あっぱれ》な人だとね。我々はスコットランド・ヤードに通報して、ファントムを逮捕してもらうこともできる。だが、それよりも、その技術を趣味ではなく、我々のため、つまり、お父上の救出のために、仕事としてやってはくれないか、と思っているのです」

「私が父の救出に、どう力を発揮できるのですか？」

遥はからからに喉が乾くのを覚えた。

「我々に協力して、あるシステムに侵入してほしいのです。これまで、世界のハッカーの誰もが侵入できないでいる、あるシステムに入ってほしい」

「……」遥は顔をしかめた。「どこへですか？」

「エシェロンに侵入してほしい」

「なんですって！　エシェロンに？　それは難しい。難しすぎるわ」

遥は溜め息をついた。

たとえ、どんなスーパー・コンピューターであっても、人間が作ったプログラムに、人間が侵入できないということはない。だが、エシェロンは別だ。

エシェロン（ＥＣＨＥＬＯＮ）は、アメリカのＮＳＡ（国家安全局）の超極秘事項を扱う監視システムだ。ＮＳＡのマスター・コンピューターに侵入すること自体、極めて困難であり、かつ危険なことだった。侵入を試みたハッカーの何人かはいずれもＦＢＩに逮捕された。中にはＣＩＡの工作員に消されたハッカーもいるという噂だった。

そのＮＳＡの中でも、エシェロンは特別中の特別、堅牢を誇るシステムだった。容易に近付けるシステムではない。

エシェロンは地球規模のコンピューター・ネットワークである。そのシステムは、上空に打ち上げられた無数の人工衛星と、地上のスーパー・コンピューターを結びつけて、世界中の電子通信を傍受し、あらゆる国や組織の使用する暗号を解読し、ＮＳＡに送りつけている。

エシェロンの能力を示せば、こうである。

たとえ、太平洋のど真ん中をヨットで漂っていても、ＮＳＡの監視対象者に対しては、エシェロンの人工衛星が上空から監視の目を光らせ、電子の聞き耳を立てている。対象者たちが自分たち以外に誰もいないと思っている洋上で、安心して恋人とベッドで揺られながら、熱い睦言を囁いても、エシェロンはそれらを電子の耳で傍受し、対象者たちの露《あらわ》な姿を電子の目で映し出す。

「難しいから、お願いするのです。かならず、ファントムならできる」

「しかし、何のためにエシェロンに？　まさか父が監視対象者だというのですか？」

「我々には、誰が対象者になっているのか、分かっていません。エシェロンがお父上の囚われの場所や動向を監視していたら、それは手っとり早い。しかし、我々としては、エシェロンの監視対象者の一人、アブドッラー・アジズ・アティキの居場所や動向を探ってほしいのです」

「何者なのです？」

遥は初めて聞く名前だった。

「アティキは通称3Ａ。彼はイスラム国の黒幕とされる人物です。今回の人質事件の鍵は、おそらく3Ａが握っている。3Ａと接触できれば、人質の解放に大いに役に立つはずだ」

「変じゃないですか。それなら、日本政府を動かし、アメリカのＮＳＡと折衝して、そのアブドッラーなんとかについて、エシェロンで追ってもらえないか、話をすることができるはずでしょう。なにも私のような非力な女が出る幕ではないのでは？」

「残念ですが、アメリカは友好国ではあるが、諜報の世界では、必ずしも日本に協力的ではない。よほど利害や国益が日米双方で合致しなければ、エシェロンで得た監視データを出して来ない。なにしろ、エシェロンは友好国であるはずの日本の首相や欧州の重要人物を監視対象者として、上空から常時監視している。表向きは、そんなことは一切していないという建前になっている。彼らが、たとえ、どんな事情があろうと、エシェロンの監視能力を示すようなデータを出すはずがないのです。だから、残る手としては無断侵入しかないのです」

香西はにんまりと笑った。

「どうですか？　海野遥さん。我々にご協力いただけませんかな。３Ａさえ捕まることができれば、お父上の居場所も分かる。場合によっては、今度は我々が３Ａの身柄を拘束し、犯人グループと交渉して、お父上と人質交換という非常手段が取れるかもしれないのです」

「そんなことができるのですか？」

「必要となれば、我々は何でもします。日本と正義のためなら手段を選ぶつもりはない」

　遥は考え込んだ。

「しかし、もし、私がお手伝いするとしたら、ここの器材では限界があります」

「もちろん、ご心配無用です。我々のオフィスには、あなたが必要とするであろう器材と、スタッフを揃えてあります」

「私はここを辞めなければならなくなる」

「それも、ご心配なく。あなたさえ承諾してくれれば、五大陸商会はあなたを喜んで迎える用意があります。ここの館長には、あなたのお父上が危篤に陥っているので、すぐにでも、あなたが東京へ帰るかもしれないと、お話してあります」

　遥は心を決めた。父を救い出す。そのために自分の力が発揮できれば、それに越したことはない。

「そこまで、準備されているなら、やってみます」

　香西はほっとした表情でいい、腕時計に目をやった。

「良かった。それでは、一刻も早く、ここを出ましょう。このままヒースロー空港へ行って貰います。そして、パリに出てもらいます」

「家に寄って、支度をしてからでないと」

「実はファイブが、あなたを嗅ぎ付けたのです。部下からの連絡では、警察がまもなく、ここへ現われるとのことです。家に寄る時間はない」

「ファイブ?」

遥は何のことか訝った。香西は遥にすぐバッグを持ってくるように促した。

「ファイブはＭＩ５、イギリスの防諜機関です。彼らも電子情報を扱い、ハッカーたちの捜査に乗り出している」

遥は狐につままれた思いで、香西に腕を取られ、館長室を出た。廊下で館長とばったりと出会った。香西は遥の父親が危篤で危ないと繰り返し、急いで東京へ戻ると告げた。

遥も調子を合わせて、慌ただしく、図書館を出、石段を駆け降りた。

玄関先には、外交官ナンバーの黒塗りのローバーが待ち受けていた。遥と香西が乗り込むと、運転手は黙ったまま、すぐに車を発進させた。

香西は後部座席に置いてあったアタッシェ・ケースを開き、何やら取り出した。

「遥さん、あなたに用意した旅券です」

日本のパスポートだった。ページを開くと、すでに遥の顔写真が貼りつけてあり、別人の名前が書き込まれていた。

「これ、偽のパスポートですか？」

「いえ、署名欄の名前は偽名ですが、正式に外務省が発行した本物のパスポートです。だから、ご心配なく」

香西は安心するように遥をなだめた。遥は呆気に取られた。迎えにきたローバーには、車に日章旗がはためいていた。

五大陸商会の人間が、どうして、外務省の車に乗り、旅券まで用意することができるのだろうか？　いったい、香西とは何者なのか？　そして、父の海野聡は、五大陸商会で何をしているというのか？

遥の頭には、さまざまな疑問が浮かんでは消えた。

遥と香西が乗ったローバーは、高速道路に上がり、一路、ヒースロー国際空港へ向かって速度を上げた。

2

東京・総理官邸・閣議室
5月3日　午後七時

閣議室では、早朝から国家安全保障会議NSCが開かれていた。情報が入るに従い、当初の楽観的な見方は影を潜め、事態はさらに深刻であることが明らかになった。

橘　薫《たちばなかおる》首相は肘掛椅子に身を沈め、暗澹たる気持ちで、桜崗睦男《さくらおかむつお》経済産業大臣の報告を聞いていた。

いったい、何が起こっているのか？

昨日、日本の生命線ともいうべき中東とのオイル・ロードで、東京へ向かっていたマンモス・タンカー豊丸が国籍不明の潜水艦に魚雷攻撃された。それだけでなく、一昨日には日本が資本参加したカスピ海油田開発の原油パイプラインが、チェチェン国内で、正体不明の武装勢力に爆破され、原油の輸送ができなくなった。

日本はエネルギー源を福島原発災以来、原発依存度を低め、シェールガスや再生利用可能エネルギーに切り換えつつあるものの、あいかわらず化石燃料への依存度は高く、いまも原油の七〇パーセント以上を中東地域からの輸入に依存していた。カスピ海油田開発は、そうした日本の中東依存の体質を変え、需給の安定を確保する重要な施策だった。それでなくても、まだイラク戦争の火種が燻り、サウジアラビアやクエート、バハレーン、アルジェリアなど産油国でのイスラム過激派の反政府運動が燃えており、いつ何時、中東の石油生産が止まる事態が生じるか分からない不安があった。そのため、世界の石油価格は、じりじりと上昇しはじめていた。そこへ、これら二件の事件が発生したため、原油の供給不安を反映して、一挙に高騰しはじめたのだ。

事件がこのまま終息するはずがない。さらに石油の海上輸送路を切断され、中東石油に代替すると思われていたカスピ海石油も日本へ安定的に供給されないとすれば、わが国は一九七三年以来の大規模なオイル・ショックを覚悟しなければならない。

現在、石油の戦略備蓄は二〇日分しかなく、ランニング・フロウを含めて、ようやく三〇日分ほどだ。

石油の供給が止まれば、わが国の産業は根底から揺さ振られ、日本は深刻な物不足に襲われて、経済破綻をしてしまうだろう。

いったい、この難局をどう舵を切って乗り越えたらいいのか？　日本はいま、とてつもない危機の淵に立たされている。一歩外れれば、わが国が滅亡しかねない。

橘は国家安全保障会議ＮＳＣに参集した面々を眺めた。

円卓会議のテーブルには、副総理格の広池一郎官房長官をはじめ、大伴浩外相、本橋将雄防衛大臣、城下武雄財務相など関係閣僚が沈痛な面持ちで着席している。向かい側のテーブルには、松代悟内閣情報調査室長と根藤《こんどう》駿介外務省情報局長、さらに自衛隊の美島卓中央情報本部長、陣内逸雄警察庁長官らのＮＳＡの実務担当者たちが控えていた。

「……流れだした原油はおおよそ半分の五万トン。大量の原油が相模湾をめぐる海流に乗って、東京湾出入口にまで達して、三浦半島西海岸一帯と房総半島西側に深刻な汚染被害を与えています。海上保安部は海上自衛隊の援助を得て、オイルフェンスを張り巡らし、原油の回収を行なっていますが、今後、どの程度、被害が拡大するか、予断を許されません。なお、豊丸の船体に残っている原油五万トンの抜き取り作業は荒天のため、難航しています。目下、東京湾に通じる南東航路、南西航路ともに、海上自衛隊の第2、第4護衛隊群が哨戒にあたっているものの、その他に潜水艦が潜んでいる可能性があるので、船舶の航行を禁止しています。……以上で、報告を終わります」

　桜崗経産相は報告を終えた。議長役の広池官房長官は出席者たちを見回した。

「国民の間には、タンカーが無警告で魚雷攻撃をされたということで、どこかの国と戦争になるのか、と不安や動揺が走っている。関係省庁機関は、国民の不安を解消するよう緊密に連携しながら、対処してほしい。南西、南東航路が閉鎖されても、食糧戦略備蓄は三ヵ月間以上あるし、石油備蓄も十分にあると、国民に知らせて貰いたい」

　橘首相は美島自衛隊中央情報本部長に向いた。

「それで、問題の潜水艦だが、どこの国の潜水艦だったのか、分かったのかね？」

「……遺憾ながら、タンカーを攻撃してきた潜水艦の国籍については、まだ不明であります」

　橘は大伴外務大臣に顔を向けた。大伴外相も左右に首を振った。

「外務省としても、関係各局に情報収集を命じていますが、いまのところ、有力な情報は入ってきていません」

「わが海上自衛隊が当該潜水艦を撃沈したと発表しても、どこの国からも抗議がないというのかね？」

「抗議はまったく来ていません」

橘首相は松代内調室長に顔を向けた。

「内調室長、中国とか、ロシアとか、しかるべき犯人は、おおよそ見当がつくのではないのかね？」

「うちの方にも、これといった有力な情報はまだありません」

「どうなっているのかね」

本橋防衛大臣が苛立った声を立て、美島中央情報本部長に向き直った。

「本部長、海自では相手潜水艦のスクリュー音とかをコンピューター解析し、どんな種類の、どこの国の潜水艦かが分かるのではないか？」

「潜水艦のデータについては、わが海自のコンピューターに登録されてあるものは少なく、今回の潜水艦についてのデータも、米海軍に送って問い合わせている状態です。米海軍センターには、冷戦時代から、半世紀以上にわたっての膨大な量の潜水艦情報が蓄積されており、おそらく今度も照合する当該潜水艦がはっきりすると思われます。ただ、米海軍センターは、必ずしもわが方の問い合わせに、すぐに答えてくれることがないのも現状でして、今回も外交政策上、問題がありと判断されたら、すぐにはわが方に返答がないと思われます」

「それは、どういうことかね？」

桜嵩経産相が聞き返した。美島本部長は静かに答えた。

「もし、当該潜水艦がある国に特定されるとして、それを直ちに発表すれば、わが国とその国の紛争を誘発しかねないし、それでは極東の平和や秩序を保つことができない。アメリカ政府としては、無用な紛争を誘発させたくないのです」

「しかし、日米安保条約上、わが国へのどこかの国の攻撃はアメリカへの攻撃と見なされるのだろう？　友好国のアメリカが、犯人を知っていながら内緒にしてしまうなどというのは、わが国への裏切り行為だと思うが」

「日米友好なんて、絵に描いた餅みたいなものです。アメリカは自国の利益を最優先し、日本なんかのことなど、これっぽっちも考えていない」

美島本部長は顔をしかめながらいった。広池官房長官が苛立った声できいた。

「アメリカ海軍などに頼らずに、海自は自分たちで、敵潜水艦についての解析ができないのかね？」

「海自情報分析課の解析では、国籍不明の潜水艦はキロの可能性が大であると見ています」

「キロだって？」橘首相は聞きなおした。

「ロシア製キロ級の通常動力方式の攻撃型潜水艦です。それも最新の改良型のキロ級だと思われます」

美島本部長は口を結んだ。橘首相は美島を見た。

「どうしてキロだというのか？」

「『あきしお』艦長からの報告では、敵艦は水中速力30ノットで航行し、潜航深度500メートルも平気だとのことでした。しかも、水中機動性能は、わが『あきしお』よりも上回り、船体の表面にはソナーでも捉えにくい雑音低減コーティングが施してある様子だとのこと。スクリュー音も非常に静かで、物音も立てない。こうした高性能の潜水艦は、そう多くはない。同様の能力がある潜水艦としては、ドイツHDW社の潜水艦209型やイギリスのアップホルダー級潜水艦がありますが、それとて水中速度は23ノットで、とても30ノットという高速は出ない。それが出せるのは、ロシアが近年改良したキロ改級潜水艦ぐらいなものでしょう」

「わが国の国産潜水艦よりも性能がいいというのか？」

「はい。最新鋭の『うずしお』型潜水艦でも、水中速度は最高25ノットです」

城下財務大臣が怒りをこめていった。

「そうか。攻撃を仕掛けてきたのはロシアだったというのだな」

本橋防衛大臣が口を開いた。

「いや。ロシア製潜水艦といったまでで、まだロシアの仕業というわけではない。そうだね、美島本部長？」

「はい。キロ改級だったからといって、まだ、ロシアの犯行と決め付けるには早いと思います。もちろん、ロシア海軍の仕業かもしれないということは念頭に入れておく必要があるとは思いますが」

美島本部長は急いで頭を振った。城下財務相が顔をしかめた。

「なぜ、ロシアのせいではないというのだね？」

「たしかに、かつてのソ連時代に、キロ級潜水艦はソ連各地に配備されていました。日本海をはじめ、北太平洋、ベーリング海、バルト海、北大西洋、バレンツ海、黒海、地中海など、いたるところで、キロ級潜水艦が出没していました。だが、ソ連が崩壊して以来、ロシア海軍は資金難に陥り、キロ級潜水艦もほとんど活動できなくなっています。そのほとんどが、港に繋留され、錆付くままに放置されたり、海軍工廠に保管された状態になっています。現在、ロシア海軍の級潜水艦は、黒海艦隊の二隻、バルト艦隊の二隻、北洋艦隊の六隻、太平洋艦隊の十五隻があるだけで、その大半が燃料不足と給料未払いによる乗員の訓練不足に陥っている状態です。艦齢も大半が老朽艦で、最新の改良型キロ級潜水艦はきわめて少ないと見られます。ロシアは近年外貨稼ぎのために、この最新のキロ改級潜水艦を売りに出しています。ロシアからキロ級を買ったどこかの国が、攻撃をしかけてきたということかもしれませんので」

「ロシアはどこの国へ、キロ改級を売却したのだね？」

橘首相が美島本部長にきいた。

「アジアでは、インド海軍とイラン、中国、北朝鮮です。インド海軍は、すでに最新型のキロ改級を十隻以上保有している。イラン海軍は三隻を買った。中国海軍は、密かにロシアに対して二十隻を注文し、すでに十隻が納められた。慎重に調査しているところです」

橘首相は顎を撫でながら、頭を振った。

「外務大臣、どうかね？　それらのどの国が、最もわが国に反感を抱いているのか？」

「中国が一番警戒すべき国かもしれません」

大伴外相が答えた。

「中国は友好条約を結んだ国ではないかね？　その中国がやるとは思えないが」

「しかし、中国政府は、わが国が尖閣諸島の領有権を持っていることに反発しておりますので」

「インドは？」

「インドはさしあたって日本に友好的です。問題はありません」

「すると、北朝鮮か？」

「北朝鮮にはキロ級を保有していません」

「では残りはイランかね？　だけど、イランは違うのではないか？　巨額のＯＤＡ援助もイランには投入されているし。わが国に反感を持っているとは思えないのですがね」

桜崗通産相が口を挟んだ。大伴外相は頭を左右に振った。

「イランは、日本が欧米と一緒になって、湾岸地域に国連平和執行軍を派遣していることに反発しています。イラクはイランと同じシーア派イスラム教徒が多数を占めている。そのイラクが日本や欧米に支配されるのを、イランはイスラム同胞として黙って見過ごすわけにはいかないというのが心情でしょう。とりわけアジア人の日本が、その欧米諸国と足並みを揃えて湾岸戦争に乗り込んでくることに、非常に不満を覚えているのです。それに、もう一つ石油問題もある」

「石油問題？」

「わが国が中東地域への依存を弱めるために、イランからの石油輸入も、年々少なくしようとしていることです。その代わりに、日本がカスピ海油田への依存を強めていることにも不快感を持っているのです」

　橘首相は顎を撫で、溜め息をついた。

「どうも、わけが分からん。それらの国のどこが、わが国のタンカーに攻撃をしかけてくるのだね？」

　橘首相は頭を傾げた。出席者の誰も、それに対して発言しなかった。

　議長役の広池官房長官が辺りを見回していった。

「ともかく、情報が決定的に不足している。関係各省庁、情報局や情報本部は、大至急に事件に関連する情報を集めてほしい。もう少し、情勢がよく判明してから、善後策を考えたい。それでは、もう一つの重要案件について、大伴外務大臣の方から報告してもらおう」

　大伴外相は老眼鏡をかけ直し、手元の資料を見ながらいった。

「前回の会議で報告したことですが、去る五月一日、クルド共和国の北西部国境地帯で、イスラム国に拉致された海野聡さんら日本人商社マン三人、通訳や案内人のアラブ人二人についてですが、クルド政府当局者によると、過激派組織の実態が分かりました。犯行を起こしたのは、イスラム国の『殉教者戦士団《ムジャヒディン》』と名乗るイスラム過激派組織でした。ムジャヒディン戦士団の立て籠もる山岳地帯は、トルコ国境に近いクルド民族地域で、広漠たる岩山や砂漠が拡がる、あまり人も入らない未開発地域です。その『イスラム戦士団』を名乗るグループから、昨夜、日本政府外務省やイラン政府宛てに、インターネットを通じて、三項目の要求が届きました。

それによると、第一に、人質たち五人と引き換えに、アメリカやトルコなど西側政府が捕らえているイスラム過激派指導者全員、さらにイラク政府が捕らえている仲間五人を直ちに釈放すること。

第二に、身の代金五〇〇万ドル（日本円換算で、約五億五〇〇〇万円）を指定のスイス銀行の口座に振り込むこと。

第三に、日本政府はクルド共和国に展開する自衛隊を撤退させること。

この三項目要求の発信者はイタリアのローマにおり、この要求を出した人物が本当にイスラム戦士団の意向を代弁している人物かどうか、現地日本大使館に対して、至急に確認するよう通達を出しました。

現在のところは、以上のほかの進展はありません」

城下財務相が口を開いた。

「その商社マン一行は、いったい、イスラム国に入って、何をしていたというのかね？　イスラム国など、はじめから、入ってはいかんところじゃないのかね。それを勝手にのこのこと入った連中を、単に日本人だからといって、日本政府が助けに乗り出すというのはいかがなものか。そんな犯人側の要求など、いっさい受け付けずに無視すべきだと思うがね。人命救助優先で、要求などを飲んでいたら、やつらを付け上がらせるだけだ。類似の事件が頻発して、収拾がつかなくなる。個人的には気の毒ではあるが、いわば自業自得だろう。そんな危険地帯に入って商売するには、それなりの覚悟があったのだろうし、悪いが商社マンたちには泣いてもらうしかないのではないか。貴重な血税を、そんな無謀な商売をする人たちのために遣うわけにはいかない」

「待ってほしい。城下財務相、これには、わけがあるんだ」

広池官房長官が城下財務相を手で制した。

「何ですか、わけとは？」

「実は、海野さんは外務省の元職員で、表向き、商社マンとなっているが総理から、ある密命を受けて現地入りしたＮＳＡの職員だ。そうでしたね、総理」

橘首相は不機嫌な顔でうなずいた。

「うむ。彼はいまはセキュリティ上、あくまで五大陸商会の市場調査員という肩書きで通しているが、実際は、わがNSA（国家安全保障局）のエージェントだ。これは、ここだけでの話に留めておいてほしい。彼の命がかかっている。どこで、イスラム国に伝わらないとも限らない」

　松代内閣情報調査室長がうなずいた。

「総理がおっしゃった通りです。海野さんには、特別にお願いして、現地の情勢調査を行なってもらっていたのです」

「現地の情勢を調査するだと？」

「はい」

「何が現地で起こっているというのかね？」

「いまの段階では、何とも申し上げられないのですが、将来、現地で重大な問題が持ち上がるという情報があるのです。そのための予備調査に彼たち一行を出したのです」

「その内容は、何かね？」

「それは、特定秘密保護法に抵触する極秘事項でして、私からは申し上げかねます」

　城下財務相はむっとした顔で、松代に怒鳴った。

「ここは国の危機管理を行なう国家安全保障局だぞ。ここで明らかにできない極秘事項などあるものか？　いいたまえ」

「しかし、そういわれても、私にはこの場で、これ以上、情報の内容をいうわけにいきません。内閣情報調査室は総理直属の機関でありまして、総理大臣の許可なしには、申し上げるわけにいかないのです」

　松代内閣情報調査室長は静かに言い返した。松代は橘首相の顔を見た。橘首相は笑いながら、身を乗り出した。

「ともかく、ここは、わしが派遣を許可したエージェントだということだけで、勘弁してほしい。おそらく海野さんは、現地で、なんらかの重要な情報を聞き込んだに違いない。人質になる直前に、海野さんから極秘の暗号電文が、本部に入った。それによると、ある重大情報をさらに確かめるために、イスラム国のキイ・パーソンに会う予定だ、そのため帰国を一、二週間延期する、といってきたところだった。だから、何としても、海野さんたちを救出したい。救出して、その情報を聞きたいのだ。そのために多少の金がかかるのはいたしかたない」

「分かりました。総理がそうおっしゃられるなら、仕方がないでしょう」

　城下財務相はしぶしぶと引き下がった。広池官房長官は発言を引き取った。

「総理としては、海野一行救出には、どうしたらいいか、皆さんの意見をお聞きしたいとのことだ。何か意見がありませんか？　防衛庁長官」

本橋防衛大臣は待ってましたとばかりにうなずいた。

「犯人グループの要求は一切飲むべきではない。私としては、この際、わが自衛隊の対テロ特殊部隊を出して、断固として彼らを救出するべきだと思います。わが対テロ特殊部隊は、こうしたこともあろうと、日頃、テロを研究し、あらゆる場合を想定しての訓練を重ねてきました」

陣内逸雄警察庁長官が手を挙げた。

「ちょっと待ってください。国連平和維持活動ならいざしらず、みだりに自衛隊を海外派兵することは、たとえ日本人人質救出作戦とはいえ、憲法に抵触する問題です。ここは餅は餅屋にまかせてほしいものですな。人質救出作戦など治安対策は、これまでわが警察の所轄だったはず。そのため、警視庁や大阪府警には、対テロ特別班を作り、これまで極秘に訓練してきています。実際にハイジャックされたジャンボ機から乗員乗客を全員無事に解放したのも、わが日本警察です。警察部隊には実績もある。これまで、一度も救出作戦をしたことのない自衛隊の特殊部隊では、不安がある」

「馬鹿な。国内の過激派が相手ではないのですぞ。犯人グループは、軍隊に劣らないプロのテロ集団ですぞ。火器類も軍隊並みに重武装している。そんな敵に、軽火器しかない警察部隊が立ち向かうことこそ、無茶なことだ。認識不足もはなはだしい」

本橋防衛大臣は皮肉な笑みを浮かべた。

陣内警察庁長官が憮然とした顔で言った。

「いいですか？　防衛大臣、現場はイスラム国ですぞ。そこへ、はるばる日本から、自衛隊を送り付けてみなさい。国連平和維持軍ＰＫＦ部隊として自衛隊を出すのとは意味が違う。仏教徒の侵略軍がイスラム国にやってきたといわれる。トルコやイラク政府も、自衛隊の派遣には難色を示すでしょう。国家主権の問題がかかる。その点、純然たる警察の対テロ部隊は軍隊ではないから、トルコもイラク政府も受け入れやすい。もちろん、すべてをわが警察がすることは不可能ですから、自衛隊には、その輸送や火力の面において、後方支援方をお願いしますが」

イスラム国はイラク領の北西部地域を支配しているが、イラクはイスラム国を国家として認めておらず、イスラム国支配地域の主権はまだイラクにある。

「私は、あくまで交渉で解決し、人質を釈放させたいですな」

大伴外相は主張した。本橋防衛大臣が向き直った。

「しかし、それでは要求を飲むことになる。要求など飲む必要はない」

「もちろん、要求を飲む必要はない。時間をかけて交渉すれば、どんな犯人たちでも、態度を軟化させるものです。ですから、私はイラク政府と密接に連携しながら、時間をかけて犯人たちと交渉を重ね、要求内容をダウンさせていく。急がば回れ。下手に軍事的圧力をかけると、藪蛇になりかねない。イスラム社会は結束が強いですからね。下手な強硬手段はイスラム世界の反発を受けかねない。そんな危険は犯したくない」

大伴外相は言い張った。松代内閣情報調査室長が口を挟んだ。

「こうしてはいかがでしょう。要求を呑むような甘い回答をちらつかせながら、交渉に臨んでは？　時間稼ぎし、隙を見て救出作戦を決行するというのは？」

美島中央情報本部長もいった。

「私も松代室長に賛成ですな。硬軟両面作戦で臨む。人質解放のために、外務省は、ありとあらゆるツテを辿って、裏から犯人たちに話かける。それでも、成果が上がりそうになかったら、決行する」

「それは自衛隊の特殊部隊がか？　それとも、警察の対テロ特別班が突入する？」

広池官房長官はきいた。

「やはり、警察の方が相手を刺激しないですむのと違いますからね」

「反対だな。犯人グループは、さっきもいいましたが、軍隊と同じように武装したテロ集団だ。ここは、餅は餅屋にしては。秘密戦に長けた隊員に任せて下さい。テロリストには、こちらもアンチテロリストを用意すべしです。そして、圧倒的な火力で敵を瞬時に倒して人質を解放する」

広池官房長官は橘首相に目をやった。

「総理、いかがお考えでしょうか?」

「諸氏の考えはたいへんに参考になった。私としては、硬軟両面作戦を同時に行ない、交渉で人質が解放されず、命に危機が迫った場合、自衛隊の対テロ特殊部隊に救出方をお願いしたい。事件が国外の場合は、自衛隊を出そう」

橘首相は諭すようにいった。陣内長官は不満げだったが、仕方なさそうに引っ込んだ。

「それで、本橋大臣、早速だが、今回の海野さん救出作戦特別チームを結成してくれたまえ。大伴外相、きみは、人質釈放の方向に向けて、なお外交努力をしてくれ」

「分かりました。おまかせください。救出作戦に必要な要員を緊急呼集します」

大伴外相はうなずいた。

ドアが開き、秘書官が緊張した面持ちで大伴外相に走り寄った。橘は秘書官の顔を見て、また何かが起こったのを感じた。

秘書官は大伴外相の耳元に囁き、メモ用紙を置いた。大伴はメモを一目見るなり叫ぶようにいった。

「総理、モスクワで日本大使館が爆破され、多数の死傷者が出た模様です」

「なんだって、今度はモスクワか」

橘首相は息を飲んだ。

3

秘書官が執務室に備え付けられたハイ・ビジョン・テレビのスウィッチを入れた。画面に鮮明な映像が映った。画面右端にＬＩＶＥの文字が浮かんでいた。

『今日正午ごろ、モスクワ市内で、またも爆弾テロがありました。……』

男の特派員がマイクで話しはじめた。橘首相は眉をひくっと動かした。見覚えのあるビルが倒壊していた。

テレビには、日本大使館の入った四階建てのビルの半ば以上が崩れ落ち、瓦礫の山になった現場の映像が映し出されていた。大勢の消防隊員や民警隊員たち、それにボランティアのモスクワ市民たちが瓦礫の下に生き埋めになった人たちの救出にあたっている。コンクリートの壁の下から怪我をした女性が運び出されていく。救急車のサイレンが鳴り響いていた。

ＣＮＮのモスクワ特派員が、マイクを手に爆発についてレポートしている。

『……複数の目撃者によると、正面玄関に向かって、一台のワゴン車が警備員の阻止を振り切って、突っ込んでいき、次の瞬間、車が白い煙に包まれて大爆発を起こしたとのことです。警察がこれまでにまとめた死傷者の数は、死者が一四人、負傷者は四〇人以上に達しているとのことです。死者の多数は日本人大使館員やその家族で、重田大使も重傷を負ったとの報道もあります。

五月五日は、日本では子供の日の祝日になっており、その日を前にしてモスクワ在住日本人の子供たちは世界の貧しい子供たちを救おうと企画を立て、日本大使館で、モスクワ在住の日本人家庭の親子多数が集まり、庭や館内でチャリティの催しを開いていたとのことです。そのため、被害者の多くは子供やその母親で、いまも多数の子供たちやその母親が瓦礫の下に埋まっているものと思われます。

警察によると、最近、イスラム過激派組織から、モスクワ市内各所で爆弾テロをかけるという予告が入っていたといわれ、今回のテロも、イスラム過激派の犯行ではないか、と見られます。……』

橘首相は溜め息をついた。傍らのソファに広池官房長官と松代内閣情報調査室長が沈痛な面持ちで座っていた。

橘首相は画面を見ながら、きいた。

「室長、例の機関はスタートできそうかね？」

松代室長は低い声で答えた。

「総理、準備は整いました。人員も信頼のできる選り抜きのスタッフ九十九人を集めました。これで十分にスタートできます」

「九十九人か。少ないいな」

「そんなことはありません。少数精鋭です。イスラエルのモサドも、中枢の構成員はたったの二〇〇人にしかすぎません。そんな人数なのに、アメリカＣＩＡやロシアの国家保安局にも十分に対抗できる諜報機関です。ちなみにＣＩＡは職員数が五千人以上、ロシアの国家保安局にいたっては二万人を軽く越える大組織です。しかし、大男、総身に知恵は回りかね、です。それよりも、小回りのきく小組織の方がはるかに機能的で意志の疎通ができる。セキュリティの面でも、互いの顔が見られるので、内部に二重スパイが入り難い。わが国が手本にすべきは、ＣＩＡなど巨大諜報機関ではなく、こぢんまりとした諜報組織モサドです」

「日本版モサドかね？」

「はい。頭数をいくら集めても、力にはなりません。要は頭の質です」

「頭の質か？」

「モサドのモットーはご存じですか？」

「いや、知らない」

「策略をもって戦うべし」

「ほう。頭脳を使えというのだな？」

「イスラエルのテルアビブ郊外にあるギリロット訓練基地には、脳をかたどった墓碑があります。それが、モサドをはじめとするイスラエル諜報機関の戦死者の墓碑となっています」

「ほほう。変わった墓碑だね」

　松代内閣情報調査室長は、うなずいた。

「諜報に必要なのは脳であるというわけです。われわれも、彼らの知恵に学ぶ必要があります。そうしないと、これからの時代にわが国は生き残れないでしょう。こうした爆弾テロも事前に防ぐことができたかもしれない」

　松代室長はテレビの画面に目を向けた。橘首相は呟くようにいった。

「他の組織と競合しないか？」

「新しい機関の活動は、たしかに、NSA、自衛隊中央情報本部や外務省情報局、公安調査庁、わが内閣情報調査室の活動と競合するでしょう。だが、アメリカでもそうですが、CIAとNSA、陸海空三軍の各情報部、さらにFBI、財務省のシークレット・サービス、麻薬取締局など、いずれもが競合しつつ、情報を収集し、それぞれが独自の情報網を作っている。世界に幾重もの情報の網をかけ、情報を逃さないようにしている。

ですから、そうした競合はあまり問題にならない。問題なのは、それから上がってきた情報を評価し、分析する頭です。そうした頭がない蛇は、少しも恐ろしくない」

「どうするというのかね？」

「新設される機関は、それら複数の組織の調整機関として機能するようにします。つまり、既成の組織を上で調整する頭とするのです。そのため、新機関には、ＮＳＡ、自衛隊中央情報本部、外務省情報局、公安調査庁、内閣情報調査室、警察庁公安警備局などから、優秀な人材を引き抜いて、核となる要員にするのです。さらに、これら五情報組織の長と、新機関の長、それから総理ご自身を含めての七人が集まり、統合調整情報会議にする。もちろん、主催する座長は総理ご自身で、あくまで文民統制を貫く必要がありましょう」

「なるほど」

「そこで、国家の重大方針や針路について、最高権力者である総理が最終決断する。早速ですが、新機関の名称はいかがいたしましょうか？」

「わしが決めるのかね？」

「はい。名付親は創設者に決まっています」

「飛鳥はどうかね？」

「アスカ？」

「そうだ。飛鳥。英語名ＡＳＫＡ」

「いいですね。きっとＭも喜ぶでしょう。機関の暗号名にぴったりですね」

ＭはＭＡＳＴＥＲ（マスター）の頭文字である。秘密機関の長としてＭと呼ばれる。Ｍが誰かは国家機密であった。

「Ｍに連絡は取れるかね？」

「取れます。早速にＭに知らせましょう」

松代室長は卓上電話機から受話器を取り上げ、スクランブル盗聴防止装置のボタンを押した。

回線が繋がり、受話器の奥で呼び出し音が鳴った。三度、呼び出し音が鳴り響いた後、相手が出た。

「総理がお話したいとおっしゃっている」

松代は受話器を、橘首相に渡した。橘首相はソファにゆったり座りながら、受話器を耳にあてた。

「ああ、私だ。きみの機関を『飛鳥』と命名する」

『分かりました。飛鳥ですね。われわれの機関にふさわしい爽やかな名前です。それで行きましょう』

野太い男の落ち着いた声が返ってきた。

「総理、テレビを……」

広池官房長官が画面を指差した。橘首相はテレビに目をやった。クレーンが瓦礫となったコンクリートの床を剝がした。血塗れの日本人女性の遺体が大勢のロシア人たちの手によって引き摺りだされる。遺体の躰の下から、幼い女の子が出された。女の子は頭や胸を潰されているらしく、ぐったりとしていた。すぐに救急隊員が毛布を女の子に掛けて、テレビ・カメラから遮った。その傍らに呆然自失した日本人の男親が座り込んでいた。レポーターが話し掛けるが、返事もできないでいた。

『……死傷者はさらに増えています。これまでに分かった死者は四七人、負傷者は一〇〇人以上に上ると見られます。その死者のほとんどは幼気《いたいけ》ない子供たちで、救助にあたる人々の涙をそそっています。あ、いまも、母子の遺体が瓦礫の下から見つかりました。……』

画面が、崩れ落ちたコンクリートの粉で真っ白になった幼児を映した。泣き叫ぶ女が周囲の人たちに慰められている。

なんという酷い事をするんだ？　橘首相は腹立ちを必死に堪えた。

カメラは周囲の悲嘆に暮れる日本人の映像を中断し、また特派員の姿に戻った。CNNの特派員がスタッフにメモのようなものを手渡された。

『……ただ今、入った情報です。報道機関各社に、ネットのメールで犯行声明が届きました。それによりますと、自爆爆弾テロを決行したのは、イスラム国〝イスラム戦士団〟と名乗っています。日本はイスラム世界から一切手を引けという趣旨の内容です。手を引かないと、今後も、同様のテロを決行するだろうと主張しています。

……』

橘首相は送話口にいった。

「見たかね？　モスクワの大使館が自爆爆弾テロを受けた」

『見てます。対応策がありますが、いかがいたしますか？』

「どうする？」

『旧約聖書にもあります。目には目を。歯には歯を。この代償が、いかに高くつくか、彼らに教えてやりましょう。それが、次のテロを防ぐ最大の方法です』

テレビの画面には、瓦礫の下から出される子供たちの遺体が映っていた。橘首相は唇を噛んだ。

「よろしい。やってくれ。頼むぞ」

『お任せください』

「わしはまだきみに直接会ってないな」

『そのうちに、必ず、お目にかかります。戦いは始まりました。くれぐれも、ご用心のほどを』

「うむ。そちらもな」

電話は切れた。橘首相は携帯電話を机に置いた。橘首相は広池官房長官と顔を見合わせた。

「官房長官、緊急に記者会見を開く。今回のモスクワの事件について、犯行声明を出したイスラム過激派に、最大限の非難の声明を出す。用意してくれ」

「分かりました。至急に」

広池官房長官はあたふたと執務室を出ていった。橘首相は松代内閣情報調査室長に向いた。

「きみは現地の情報をできるだけ集めてほしい。犯行声明を出したイスラム過激派について、情報がほしい」

「了解」

松代室長も急ぎ足で部屋を出ていった。橘首相は生中継が続いているテレビの画面を睨みながら、本橋防衛大臣にいった。

「防衛大臣、わが国もイスラム過激派へのテロ戦争を行う。これは日本国民の生命財産を守る戦いだ。自衛隊の総力を挙げて対テロ戦争を遂行してくれたまえ」

「畏まりました」

本橋防衛大臣は大きくうなずいた。

目には目を。歯には歯を。

賽《さい》は投げられた。もう後戻りはできない。

八百万の神よ、我ら日本と我らの民を守りたまえ。

橘首相はしばらくの間、天に黙禱した。

4

タイ　バンコック市内
5月3日　午前三時

あたりは静まり返っていた。庭の熱帯性樹木の葉陰で、すでに夜明けが近いのに気付いた小鳥たちがざわめき出している。

桐野徹郎《きりのてつろう》は暗視鏡越しに、青白く鮮明に浮かび上がった庭を見回した。見張りの男が詰め所に近付いていく。

突然、黒い影が見張りの男に飛び掛かった。声も立てさせず、二人の人影がもみ合うのが見えた。その争いもすぐに治まった。黒い影が、倒した見張りを暗がりに引きずり込んで行く。

庭の暗がりに、上から下まで黒装束姿の人影が三つ四つと増えた。そのうちの一つの影が駆け寄り、大木にからみつく蔦を登りだした。

桐野は銃を構えながら、ベランダの手摺りから身を乗り出し、手シグナルで、黒装束の人影たちに合図を送った。四つの人影は次々に蔦をよじ上って、二階のベランダの手摺りを乗り越えた。

桐野は手にした消音自動小銃を構え、やや開いたガラス戸越しに部屋の内部を窺った。銃身についたレーザー光線発射装置が前方に赤い光点を放つ。五つの光点がベランダのガラス戸にちらついた。

偵察班の赤外線センサーは、二階のベランダにつながる奥の寝室に標的が愛人の女とベッドに寝ているのを感知している。薄ぼんやりと明かりが点いている廊下に、護衛が二人控えていた。一階ロビーと居間に、それぞれ二人ずつ、計四人の護衛が休んでいた。

桐野は口元の送話マイクに囁いた。

「アルファ?」

『スタンバイ』天野の応答が聞こえた。

邸の裏口に取りついたA隊が配置についた。

「ブラボー?」

『いつでも来い』近藤が答える。

B隊は正面玄関の見張りたちを制圧している。

た。

「チャーリー？」

『ＯＫ』楠が告げた。

Ｃ隊は用心棒たちの宿舎を囲んでいる。宿舎には八人の護衛がいるのが分かってい
た。

「デルタ？」

『よし』真島の声が返る。

Ｄ隊は麻薬の倉庫を包囲していた。

「ショー・タイム！　レッツ・ロックンロール！」

桐野は拳を下に引き、ベランダに屈みこんで待機する部下たちに、行くぞという合図を送った。

桐野は消音銃を発射した。ガラスが粉々に飛び散った。甲高い物音が立った。桐野は無言で部屋に飛び込んだ。

飛び込むと同時に桐野は音響発煙弾を廊下に転がした。大音響をたてて発煙弾は爆発し、もうもうと黒煙を吹き上げた。

暗視鏡の中に、驚いて立ち尽くす護衛の顔が浮かんだ。廊下に倒れ込んだ部下たちが消音銃を発射し、一瞬のうちに二人を射殺した。

桐野は銃を構え、寝室のドアを蹴破った。いくつもの赤い光点がベッドに集中した。四隅に豪華な柱がついたベッドに、標的の男が起き上がり、枕元の拳銃を握るのが見えた。隣に寝ていた全裸の女が慌ててシーツを胸にたくしあげた。

「……何者だ！」

標的は拳銃を向け、桐野に叫んだ。桐野は答えず、銃を向けた。

「クンサーだな」

赤い光点が標的の額にあたっていた。桐野は手配写真を思い浮かべた。暗視鏡を透かして見た顔と間違いないのを確認した。

「……畜生！」

麻薬王クンサーは呻き、銃の引き金を引こうとした。

一瞬早く、桐野は引き金を引き絞った。空薬莢が吹き飛び、クンサーが朱に染まって吹き飛んだ。クンサーの頭はざくろのように弾けていた。脳漿《のうしょう》が飛び散り、女の躰にべっとりと血潮がついた。女の金切り声が上がった。

部下が女に光点をあてた。銃を発射しようとした。桐野は部下の銃を抑えた。

「待て。無用な殺しはするな」

女はベッドから転がり落ちた。

「撤収！」

桐野は送話マイクに叫んだ。部下たちは一斉にベランダに引き返しはじめた。邸のあちらこちらで銃声が起こった。手投げ弾の爆発音もあいついだ。

桐野は銃を構え、女に叫んだ。

「おまえも逃げろ！　火の海になるぞ」

女は全裸のまま立ち上がった。その手にはクンサーの拳銃が握られていた。女はヒステリーの症状を起こしながら、拳銃を桐野に向けた。

発射音が轟いた。桐野は左腕に電撃のような衝撃を受けた。

「隊長！」部下が叫んだ。

一瞬早く桐野の手元の消音銃が火を吹いた。女の裸にみるみるうちに無数の弾痕が開いた。女は声を立てずに吹き飛んで転がった。

「よし。撤収！」

桐野は左腕を押さえながら、ベランダに駆け寄った。部下が圧迫繃帯を取り出し、桐野の腕に巻いた。

次々に部下たちは庭に飛び降りる。桐野も銃を抱え、芝生の庭に飛び込んだ。

「火を点けろ！」

送話マイクに命じた。邸のどこかで、小さな爆発音が連続した。それとともに、邸に火の手があがった。

「デルタ、用意はいいか」

『スタンバイ』真島の声が返る。

「爆破しろ！」

『了解！』

邸の裏で、爆発が起こった。空気が震えた。猛然とした火が夜空に吹き上がった。小鳥たちが一斉に夜空に舞い上がる。

桐野は邸の塀を乗り越えた。すでに表の通りには、何台ものニッサン・パトロールやワゴンがエンジンをかけて、待ち受けていた。

桐野は先頭の車の助手席に乗り込んだ。邸からぞくぞくと部下たちが引き揚げてくる。

「タイ警察が動きだしました。軍の特殊部隊も招集がかかったそうです」

後部座席の通信士がヘッドフォンを手で押さえながら告げた。

「ヘリは？」

「集結地点に向かっています」

桐野は送話マイクに叫んだ。

「各隊、損害報告」

『ブラボー撤収完了。負傷者なし』

『アルファ、負傷者1。撤収完了』

『チャーリー、死傷者2。一人死亡。死体は回収した。一名軽傷。まもなく撤収完了』

「死んだのは誰だ?」

『飯田3等陸曹です』

桐野は飯田陸曹の童顔を思い浮かべたが、すぐに振り払った。

「デルタ?」

『デルタ、現在撤収中。二名負傷。一名重傷の模様!』

遠くでサイレンの音が聞こえた。桐野は、

「よし。撤収完了した部隊から、順次出ろ。おれが援護する」

それを合図に車が次々に発進しはじめた。桐野の車を追い抜いていく。

「隊長! 本部から緊急連絡」

通信士が無線の受話器を差し出した。桐野は受話器を耳にあてた。

『桐野か？』

石田1佐の声が聞こえた。

『作戦終了次第、すぐに東京へ飛んでくれ。命令だ』

「東京へ？」

『早ければ早いほどいい』

「何か起こったのですか？」

『聞くな。緊急召集だ』

「分かりました」

無線は終わった。緊急召集は緊急事態が発生した時にのみ発令される。容易ならぬ事が起こったのだ。

『デルタ、負傷者収容した。撤収完了。撤退します』

耳のイヤフォンにデルタ指揮官の真島2尉の声が聞こえた。

「出せ」

桐野は運転手の下田陸士長の肩を叩いた。ニッサン・パトロールはエンジン音を上げて急発進した。砂埃が舞い上がった。後からワゴンが発進した。デルタ隊の車だ。

車はようやく深い森の中の道路を驀進した。サイレンが近付いてくる。すぐさま、二台の車は右折し、森の中の道に飛び込んだ。そのまま車体を軋ませながら、真っ暗な夜道を疾走する。

ようやく東の空が白みがかっている。

車体にしがみつきながら、桐野は、なぜ、突然に帰国を命じられたのか、と思っていた。今回の作戦で、最大の麻薬王クンサーを叩きつぶしたものの、麻薬組織の頭は無数にあり、これから、ひとつずつ蛇の頭を潰す予定だった。麻薬戦争は、これからが本番だというのに。

「まもなく、集結地点です」

下田陸士長が告げた。前方に何機ものヘリコプターのホバリングする姿が朧に見えた。天空には、すでに隊員たちを収容して飛び上がったヘリコプターのローター音が響いていた。

5

ニューヨーク・マンハッタン
5月2日　午後八時

高層ビル街の谷間を駆ける緊急車両のサイレンが聞こえる。

聞こえる音といえば、そのサイレンと地鳴りのような都会の騒めき、そして、五月特有の冷たい雨が窓のガラスを濡らしている気配だけだった。

雨竜毅《うりゅうたけし》は窓ガラスを赤く染めるネオンの点滅に目をやりながら、硬いベッドに仰向けに寝転んでいた。薄い壁を通して、隣の部屋からテレビの音が聞こえる。おそらくショー番組だ。歌の合間に観客の笑い声や拍手が聞こえる。

サイレンは近くを通り過ぎ、だんだんと小さくなっていく。仰向けになったまま、雨竜は天井にできた染みを見つめた。上の階の部屋で水漏れを起こしたのだろう。茶褐色の染みの縁に沿って、漆喰が剝がれ落ちている。

携帯電話の着信メロディが鳴った。

雨竜はベッドから身を起こした。メロディは不意に止んだ。作戦開始だ。

ベッドの上に置いた大型自動拳銃の銃把に弾倉を叩き込んだ。

コルトM1911。・四五口径ACP。装弾数7プラス1発。スライドを引いた。

弾丸が装塡される音が聞こえた。腰のベルトに無造作に差し込む。

壁に掛けたレインコートを羽織った。雨竜は窓辺に身を寄せ、薄暗い路地を見下ろした。ゴミの缶の蓋を開けて、中を探っているホームレスの人影があるだけだった。

電子監視装置のイヤフォンを耳に差し込んだ。

ドアの外に取り付けておいた赤外線探知センサーは異状なし。ドアをそっと開き、廊下に身を滑らせて出た。廊下の角や階段に置いたセンサーも、敵を感知していない。

イヤフォンは、周囲に氾濫する電磁波を選択して拾っている。敵が使用している特定の周波数の交信を身近に感知すると、すぐに異状を知らせてくれる。

だが、雨竜はハイテク機器を信用していなかった。機械は所詮機械だ。コンピューターでは、危険を察知できない。本能の感じるままに動く。それで、これまで何度となく危機を回避してきている。信用ができるのは、自分の目や耳、肌などで感じる五感と、動物的本能の第六感だけだ。センサーは、その手伝いをするだけのことだ。

雨竜は階段を駆け降り、路地に出た。ビルの谷間の上空から、細かい雨が降り掛かった。路地の奥に不審な人影がないのを確かめ、ゴミ缶をあさるホームレスの老人に目をやった。ニューヨーク・ヤンキーズの野球帽や汚れたコートの背中がびっしょりと濡れている。

「じいさん」

野球帽の老人は顔を上げ、振り返った。老人は雨竜を見て、ほっとした顔をし頭を左右に振った。

「ハーイ、イラブ。誰も来なかったよ」

「ありがと。これで、温かいスープでも食べな」

雨竜は用意した十ドル紙幣を老人の垢だらけの手に握らせた。老人は両手で紙幣を受け取り、急いで濡れたコートの下に入れた。

「いつでも、いってくれ。イラブのためなら、何でもするよ」

老人は日本人と見れば、伊良部《いらぶ》という名前だと思っている。老人が若い頃、沖縄に駐留した時に覚えた沖縄人名らしい。

「またな」

雨竜は路地から五番街の通りに出て、通りすがりのイエロー・キャブに手を上げた。車の流れから、一台のタクシーが雨竜の前に走り込んだ。

タクシーの後部座席に乗り込み、行き先を告げた。太っちょの運転手は振り向き、ロシア語訛りの英語で、行き先を復唱した。

車が走りだした。雨竜はセンサーのスウィッチを切った。リア・ウィンドウから背後の車に目をやった。何台かの車のヘッドライトが見えたが、いまのところ不審な動きをする車はない。

セントラル・パークの出入口でタクシーを降りた。

公園の東側には、ロフトのついた高級マンションが建ち並んでいる。いずれもベランダを大きく取り、そこから公園をまるで自分の庭のように見下ろすことができる。

公園沿いに舗道を歩きながら、標的のいる二十階建てのマンションを見上げた。雨の中をこうもり傘をさした通行人が足早に通り過ぎていく。

携帯電話がポケットの中で震動した。雨竜は電話機を耳にあてた。

『標的《ターゲット》が事務所のガレージを出た。まもなく、そちらへ行く』

麗香《ライホン》が広東語で囁いた。雨竜は声を出さずに電話を切った。腕時計にちらりと目を走らせる。ストップ・ウオッチの竜頭ボタンを押した。デジタル時計の表示板で、秒読みが開始された。

残り九分二六秒。

標的が中国人街のオフィスから車で帰ってくる時間は平均九分三〇秒。五番街が渋滞していても、運転手が迂回路を熟知しており、いくら時間がかかっても十二分ほどで、愛人の待つマンションのガレージにやってくる。毎日、判で押したように決まった順路と時間を守っている。

愛人は香港から流れてきた元映画女優で、雨竜も何本か彼女が出ている活劇映画を観たことがある。

標的のボディ・ガードは二人。一人は運転手を兼ねており、中国拳法の達人だ。もう一人は人民解放軍特殊部隊上がりの元曹長で、銃器の扱いになれたプロの殺し屋だ。

雨竜は歩くペースを緩め、折畳み式のこうもり傘をさした。横断歩道で、公園側からマンション側の舗道に渡り、尾行者がいるかいないかを確かめる。

八分一〇秒。

赤と青の緊急灯を回したニューヨーク市警のパトカーが車の流れを縫って、北へ急ぐ。雨竜は周囲に気を配りながら、標的の愛人のマンションの玄関先を通り過ぎた。玄関には黒人のドアマンが出入りするマンションの住人たちに愛想を振り撒いている。

標的のマンションの横手に回った。ガレージの出入口の警備員小屋で、ヘッドフォンを両耳にあてた白人の若い男が手持ち無沙汰な様子で、薄っぺらなマンガ雑誌をめくっていた。

五分二〇秒。

雨竜は若い門番に手を上げた。若い男はヘッドフォンをつけたまま、にやっと笑った。ヘッドフォンから大音響のディスコ・ミュージックが流れ出ている。

「今晩も、頼むよ」

雨竜は若い男に二五ドル紙幣をちらつかせた。若い男はドル紙幣をひったくり、通りなと顎をしゃくった。雨竜には何の関心も持たない様子で、またリズムに乗って首を振りながらマンガに見入った。

残り四分一五秒。

雨竜は地下ガレージへの車道を下り、突き当たりのエレベーター前に立った。周囲に誰もいないのを確かめ、エレベーターの箱が地下に降りてくるのを待った。

目を閉じ、両手を拡げて、深呼吸をくりかえす。吸う息よりも吐く息を長く保つようにし、呼吸を整える。頭の中で手順を何度もイメージする。アドレナリンがだんだんと血液中に増してくるのを感じた。

残り二分一三秒。

煙草を銜え、マッチの火を点けた。煙を肺いっぱいに吸い込み、集中力を高める。自動拳銃コルトM1911をベルトから抜き、銃口にサイレンサーを捻じ込んだ。長くなった拳銃をコートのポケットに入れる。

残り一分を切った。

行動を起こした。エレベーターの箱が降りてきて、扉が開いた。乗り込んだ。一階のボタンを押した。扉が閉まり、エレベーターが昇りだした。

すでに標的は玄関先に着いたころだ。扉が閉まる寸前、ガレージの入り口の方から、聞き覚えのあるボルボのエンジン音が響いた。雨竜は爆竹をポケットから取り出した。

一階フロアに着いた。扉が開いた。雨竜は非常停止ボタンを押して、ロビーに出た。エレベーターの扉は開いたままになった。コートの陰で、爆竹の導火線に煙草の火を押しつけた。導火線の焦げる臭いがした。雨竜は爆竹の束を近くの観葉植物の鉢にそっと落として離れる。

正面玄関から、派手なアルマーニのスーツに身を包んだ標的が、携帯電話を耳に押しあてながら、ボディガードを一人従えて入ってきた。あたり構わず香港語で、電話の相手に罵声を浴びせている。

雨竜は大きく開いた窓に降り掛かる雨の様子を眺めた。ポケットから拳銃を抜き、躰の陰に隠した。引き金に指をかける。親指でハンマーを引き上げた。

ボディガードは雨竜に警戒の目を向け、躰で標的を庇いながら、開いたままのエレベーターの前に立った。

いきなり爆竹が激しく弾けて鳴り響いた。虚を突かれたボディガードが拳銃を抜き、爆竹の鳴った方角に向いた。標的のアルマーニは恐怖に駆られて立ちすくんだ。雨竜は鼻歌を唄いながら、ゆっくりと振り向き、コルトをボディガードに向けた。ボディガードは一瞬にして事態を悟り、雨竜を振り向いた。

雨竜は引き金を引いた。連続して籠もった発射音が響いた。その度に反動が手を押し上げた。空薬莢が弾きだされ、大理石の床にあたって、乾いた音をたてた。ボディガードの胸や腹に弾痕が開き、ボディガードの躰はエレベーターの脇の壁に叩きつけられた。鮮血が飛び散った。

雨竜は立ちすくんだ標的につかつかと歩み寄った。自動拳銃を標的の顔に向けた。

「助けてくれ……。金は出す」

標的はかすれた声で哀願した。

「悪いな。先約優先なんでね」

雨竜は容赦なく拳銃を発射した。鈍い発射音が噴出した。標的の頭の半分が吹き飛び、脳漿が向背の壁に散った。標的は悲鳴を上げる暇もなく、床に崩れ落ちた。雨竜は倒れた標的に屈みこみ、持っていた携帯電話を取り上げた。

電話はまだ繋がっていた。エレベーターに乗り込み、非常停止を解除した。玄関先からドアマンや警備員たちがロビーに駆け付けるのが見えた。扉が閉まった。

電話の向こう側から広東語が聞こえた。

『首尾は？』

「和了《ウォリウ》」

電話の相手に短くいい、通話を切った。地下に降りたエレベーターの扉が開いた。

苛立った顔の運転手兼ボディガードが待ち受けていた。雨竜の顔を見た瞬間、ボディガードの顔が歪んだ。

「劉毅《ラウグアイ》！」

ボディガードの腕が素早く動いた。雨竜は一瞬、エレベーターの奥まで後退した。空を切って、男の手刀が目の前を過《よぎ》った。ついで男の右足の蹴りが、雨竜を襲った。

雨竜は躰を捻って蹴りを避け、相手に向けたサイレンサーの引き金を引いた。鈍い発射音が箱の中に谺した。男の足がエレベーターの壁に激突した。男の腹に弾痕が開いた。

男はよろめきながらも体勢を立て直し、雨竜に正拳の突きを入れようと構えた。

雨竜は続け様に拳銃を男に射った。一発、二発、三発。空薬莢が壁にあたって弾けた。男は胸や腹に開いた弾痕から流れ出る血液を手で押さえながら、膝から崩れ落ちた。雨竜は男の頭に拳銃を突き付け、止めの一発を射った。スライドがブローバックしたまま止まった。

拳銃をその場に捨てた。男の躰は閉まろうとする扉の間に挟まった。警報ブザーが鳴り、扉が開いたり閉じたりをはじめた。

雨竜はハミングしながら、コートのポケットに手を入れ、ガレージの出口への坂を登りだした。

門番の若い男はヘッドフォンをかけたまま、まだマンガ雑誌を見ていた。

「チャオ」

雨竜は若い男に手を上げた。若い男は顔も上げず、手を振った。

まだ外には雨が降り続けていた。どこからか、緊急車両の駆け付けるサイレンの音が響いている。雨竜はコートの襟を立てて、地下鉄の出入口に向かって歩きだした。

コートのポケットの中で、スマホがバイブレーションをはじめた。画面は非通知だった。スマホを耳にあてた。

『うまく行った？』

麗香の声だった。

「もちろんだ。なぜ、かけてくる？　どこで敵が盗聴しているか分からない。かけてくるなといったろう？」

『緊急召集がかかった。そのため、今後の行動予定は、すべてキャンセル。宿にも戻らず撤収して。このケータイを含め、身につけている電子機器はすべて放棄。敵があなたを追っているそうよ』

「了解」

緊急召集か。雨竜はにやっと笑った。いよいよ戦争が始まったのだ。背筋に戦慄が走る。

パトカーがすごい勢いで、大通りをふっ飛んで行った。マンションの前には、何台ものパトカーが集まりつつあった。

雨竜はスマホの電源を切ると、道端のゴミ入れに放りこんだ。歩きながら、センサー機器やイヤフォンもポケットから取り出し、次々と道路の端の排水溝に落とした。

雨に煙るニューヨークの夜景に目をやった。しばらく、この夜景とも、おさらばだ。

雨竜はコートを翻し、地下鉄への階段を降りはじめた。

6

市ケ谷・防衛庁
統合幕僚会議情報部・情報分析課
5月4日　一一三〇時

柘植陽介《つげようすけ》3等陸佐は、キイを叩く手を休め、コンピューターのディスプレイに現われたデータに目を通した。情報分析課の部屋は、課員の話し合う声もなく、しんと静まり返っていた。

広い部屋は何十というコンソール・ボックスに仕切られ、その一つ一つのコンソールに入った情報分析官がコンピューターを操作しながら、孤独な作業を行なっていた。コンピューターの立てる電子音が、ひっきりなしに、部屋のあちらこちらから響いてくる。

統合幕僚会議の情報部は、通常、J2と呼ばれている。J2には陸幕、海幕、空幕の情報部が得たデータや、調査部の電子情報がいったん集められて、各地域別・問題別に分類されると、それぞれ担当の情報分析官に振り分けられる。

柘植3佐の担当しているのは、心理戦部門であった。

心理戦は、限定した戦場での熱い戦いではなく、目にこそ見えないが、頭脳と頭脳の知恵の限りを尽くした戦いである。欺瞞、でっち挙げ、デマを駆使し、口コミ、マスコミ、ありとあらゆる情報手段を利用悪用して、敵を欺き、貶め、ダメージを与える。時には味方まで欺いてでも、自国に有利な情勢を作り出す。

柘植3佐は、そうした心理戦に長《た》けているイスラエルのモサドやアメリカCIA、旧ソ連のKGBなどの研究を担当していた。

ディスプレイには、「一九八一年五月十三日水曜日午後五時七分」という表示が現われていた。画面一杯に、ローマのサン・ピエトロ広場に集まった大群衆を、建物のベランダから俯瞰撮影した画像が映っていた。マウスをクリックして、画像をゆっくりと動かし、コマ送りしていく。それとともに、秒を示すデジタル数字がどんどん増えていく。

およそ十万人の人々がサン・ピエトロ広場に詰めかけ、広場の円周の四分の三ほどを埋めつくしている。人垣に取り囲まれて、円柱や片蓋柱の列柱群の上に百六十体ほどの聖人像が立ち並んでいる。

広場の外周に、オートバイの警官に前後を守られた一台のオープンカーが現われた。教皇専用車だ。白い皮張りのシートがついた後部座席にしつらえた手摺りを握ったヨハネ・パウロ教皇が立って、歓声を上げる群衆に手を振っている。オートバイに乗った警官たちが教皇専用車に道を譲り、教皇専用車はゆっくりと群衆の中に入って行った。護衛の私服警官たちが車の背後から走って行く。

午後五時十八分。群衆の歓声に混じって、乾いた銃声が弾けた。両手で手摺りを握っていた教皇の躰が一瞬、がくっと傾いで揺いだ。手が腹部を押さえた。顔が苦痛に歪んだ。三秒後、教皇の躰は斜めに傾いだ。ついで、二発目の銃声。教皇の右手が弾け、だらりと脇に垂れた。教皇の白い法衣に鮮血の染みが拡がっていく。三発目の銃声。教皇の右腕が不自然に揺れ、護衛の私服が自分の躰で教皇を庇った。車が速度を上げ、群衆が車の前で逃げ惑った。

警備員や私服警官が拳銃や銃を振り回しながら、群衆の間を分け、銃を撃った男を追い掛ける。拳銃を持った暗殺者が後を振り向きながら、群衆の波の中を泳ぐようにして逃げる。柘植はマウスをクリックして画面を止めた。

暗殺者にカーソルの矢印をあてて、クリック。画像を大きく引き伸ばす。男の顔が拡大された。キイを叩いて、身元を調べる。

メーメット・アリ・アグカ。

一九五九年生まれ。男性。未婚。国籍トルコ。宗教はイスラム。

トルコ共和国イェシルテーベ地方生まれ。

十九歳の時、イスラム原理主義過激派テロ組織「灰色狼」に参加。七九年、イスタンブールで民主派の新聞記者を殺害、懲役二十年の刑で刑務所に収容されたが、「灰色狼」の手引きで刑務所を脱獄。折から、トルコを訪問する予定だったローマ教皇に対して、アグカは訪問を中止しなければ謀殺するという脅迫の手紙をトルコ政府に送った。

その時の教皇のトルコ訪問は滞りなく終わったが、アグカは危険人物として、各国の警察や情報機関のコンピューターに登録された。

アグカは、その後イランに逃れ、さらにレバノン、リビア各地のイスラム原理主義組織の訓練キャンプで、軍事訓練を受ける。

一九八一年五月十三日、教皇暗殺未遂事件を起こす。その犯人として逮捕され、無期懲役の判決を受けて、イタリアのレビッビア刑務所に収監され、現在に至る。

キイを押して、また教皇が最初の一弾を受ける前の場面に戻した。あらためて、周囲の群衆にカーソルを動かし、暗殺者アグカが群衆のどこに潜んでいたかを探りはじめた。

検索を開始。たちまち、コンピューターは群衆の中にアグカの顔を見付けた。アグカが教皇を睨んでいる。画面が動きだした。アグカは一瞬、群衆の波に呑まれて隠れた。コンピューターは再度、アグカの顔を見付けた。

隣の女と言葉を交わしている。何かをいわれている様子だ。一瞬のことで、これまで気が付かなかったが、いったい、この女は何者か？　仲間の一人？　アグカは単独犯といわれていた。だが、仲間がいるとすると、話は違う。

カーソルを女にあてた。拡大する。彫りの深い美しい顔だ。柘植はこれまでの人物ファイルに該当者はいないか、照合するように、コンピューターに命じた。

背後に人が立つ気配を感じた。

「いまは、何を調べている？」

醍醐《だいご》1佐の声だった。心理戦班が所属する情報分析課を統括する部長をしている。

「モサドの心理戦検証です」

「これは？」

「教皇暗殺未遂事件です」

「なんだ、ずいぶん古い話を掘り起こしているんだね」

「温故知新ですよ。モサドの心理戦の歴史は調べれば調べるほど面白い。人間の心理は昔も今も同じ。かつての心理戦の方法は現代にも十分応用できる。モサドの心理作戦をよく知っておけば、いざという時に、対応策を考えられる」

ディスプレイに結果が出た。元東ドイツ政府諜報機関の公安リストに該当する者がいた。若い女の顔が浮かんだ。鼻や顎の付近が共通する。

ビンゴ！　柘植は心の中で叫んだ。

女はイラン人女性。元イランの諜報機関サバックの一員。ホメイニ革命で国外に脱出し、パリに亡命。ＣＩＡエージェントと接触している。……

「どうした？　何か、分かったのか？」

「暗殺者のアグカをご存じでしょう？」

「ああ。教皇を暗殺しようとしたイスラム原理主義者の過激分子だな」

「そうです。モサドは、このアグカの周辺を徹底的に調べ上げ、誰が教皇暗殺を命じたのか、を突き止めた。モサドの調べでは、アグカはホメイニ師のイスラム革命に沸くイランに逃亡し、そこでホメイニ師の薫陶を受けて、一層狂信的なイスラム原理主義者になったというのです。そして、ホメイニ師から教皇を暗殺するよう指示されたという。イスラエルは、その話をバチカンに告げ、それまで宗教的にも政治的にもイスラエルに批判的だったバチカンを、大きくイスラエル側に引き寄せることができた。イスラエルの敵、イスラムは、バチカンの敵でもあるというわけですね。イスラエルの心理戦で、これほど政治的に成功した例はない」

「なるほど。それで、このケースに何か問題はあるのか?」

「調べれば調べるほど、このケースは興味がつきない。アグカはケネディ大統領暗殺事件の犯人オズワルドとよく似ているのです」

「どういうことだ?」

「オズワルド同様、アグカの足取りを調べると、アグカは疑われるのに格好な怪しい人物なのです。アグカは『灰色狼』の手引きで脱獄した後、イランに逃げ、ホメイニの説く狂信的な教えを受けたというが、アグカが信じていたのは、スンニー派のイスラムで、ホメイニのシーア派イスラムの教義ではない。同じイスラム原理主義でも、スンニー派とシーア派の教義は、まるで別の宗教のように違い、根が同じだけに宗派の対立は近親憎悪もあって、キリスト教やユダヤ教とよりも厳しく対立しているのです。『灰色狼』もスンニー派の原理主義過激派組織で、シーア派ではない。イランのイスラム指導者たちは、同じシーア派の原理主義者には援助を与えているが、スンニー派には冷淡なのです。スンニー派の信者だったら、シーア派のホメイニ師の教義などに感化されるはずがないのです。まして、ホメイニ師の指示など受けはしないでしょう」

「アグカがイランに逃れて、シーア派に改宗したかもしれないではないか？」

「かもしれません。ですが、その後、事件を起こす直前の八一年一月に、アグカは、なぜかリビアに飛んでいるのです。これが変なのです」

「なぜ？」

「リビアのカダフィ大佐は、スンニー派イスラムで、シーア派のホメイニを認めていない。むしろ、自分こそイスラム世界のリーダーと思っているカダフィは、新たなリーダーであるホメイニに対して反感を持っているのです。そんなカダフィが、シーア派に改宗したアグカを受け入れるはずがない。しかも、そこで、なぜか、アグカはカダフィ大佐の下で働いていた元ＣＩＡ工作員のフランク・タービルと会っている。タービルはリビアの訓練キャンプで、テロリストの養成をしていた人物です。おかしいのは、モサドの報告では、このタービルとアグカの両名は、テヘランにいる黒幕の手引きで会ったとなっていることです。さらに変なのは、八一年二月に、アグカはリビアから、ブルガリアのソフィアに飛び、そこでＣＩＡの工作員と名乗る人物に会っていること。それから、アグカはローマに入り、犯行を行なっている」

「たしかに、聞けば聞くほど、妙な話だな。ケネディ大統領を暗殺したオズワルドも、事件を起こす前に、ソ連に行ったり、共産主義を支持するような発言をしていた。オズワルドも調べれば調べるほど、怪しい行動をしていた」

柘植はディスプレイを見ながら、続けた。

「教皇暗殺未遂事件の後、この話を当時のソ連KGBが嗅ぎ付け、KGBは事件はアメリカCIAの仕業だとバチカンに流した。その理由は、当時、バチカンは共産圏との協調をはかる東方政策を取っており、それを妨害するためだとした。バチカンは、それまで、アメリカと親しい関係にあり、CIAとバチカンは、ソ連や共産圏のしかるべき情報を流し合う関係にあったが、この事件を機に、アメリカとの関係が冷えてしまった。それを覆したのが、モサドがバチカンに流したホメイニ黒幕説だったのです。結局、漁夫の利を得たのは、イスラエルでした」

「柘植3佐、きみの考えでは、モサドのホメイニ黒幕説はおかしい、ということですか？」

「おかしいと思いますね。むしろ、この事件も、オズワルド同様、誰かに予め仕組まれたものだったのではないかと思います。まず、アグカが単独犯でないことは確かです。背後に資金の援助者がいる。でなければ、貧しいアグカが、イランから出て、リビアに飛び、さらにブルガリアに空路出て、ローマに飛ぶことはできない」

「それはそうだ。では、誰が背後にいるというのかね？」

「私の考えでは、アグカにやらせたのは、ＫＧＢのいう通りに、ＣＩＡだったのではないか、と思うのです。そして、事件を最大に利用したのは、モサドではないか、と」

「モサドがやったということはないか？」

「私も、その可能性は考えました。だが、イスラエルがやるとしたら、危険すぎる。万が一、教皇暗殺を計画していたのがイスラエルだと分かったら、世界のカソリック・キリスト教徒はイスラエルを現代のユダとして敵視するでしょう。そんなまずい事態を引き起こしかねないことを、モサドがするわけがない。しかも、モサドがやるとしたら、もっとうまくやったのではないか。彼らなら教皇暗殺は未遂に終わらずに、完全に仕留めていたと思います」

「なるほど。では、ＣＩＡには、やる理由があったというのかい？」

「当時、バチカンは東方政策を取っていたし、共産主義と融和を計っていたわけですから、それをやめさせたかったはず。それから、ホメイニ革命で、燃え立っていたイランのシーア派イスラム教徒に、同じ宗教者として理解を示そうとしていたバチカン教皇を暗殺したかった。なにしろ、ホメイニ革命がイランを席巻していた時期、パーレビ国王を支持していたアメリカは、イランから撤収せざるを得なかった。ホメイニ打倒のためにも、一矢報いたかったのではないですかね」

柘植はキイを叩き、マウスの操作の手を休めなかった。

「モサドはCIAのドジぶりを、じっと高みの見物をしていたのでしょう。だから、アグカの跡付け捜査もやりやすかった。初めから、見ていたのですから、事件に詳しくて当然でしょう。イスラエルはバチカンと歴史的に敵対していた。キリスト教徒からすれば、ユダヤ教徒はキリストを裏切った憎い敵。イスラエルが生きていくには、キリスト教徒世界との和解が必要だった。とりわけ、キリスト教世界に最も影響力があるバチカンと敵対しているのは、イスラエルにとって望ましくなかった。教皇暗殺未遂事件は、バチカンとの関係改善のための絶好の機会だったと思います。しかも、バチカンとイスラム世界に、対立の溝を作った。これも、同じイスラム原理主義過激派を敵とするイスラエルにとって、バチカンに彼らが共通の敵であるということを知らせるいい機会になった。さらに、その一方でKGBに暴露されて、窮地に陥っていたアメリカCIAも救った。まるで、一石二鳥ならぬ一石三鳥ではないですか。心理戦で、これほど成果のあった工作はない、と私は見ています」

「しかし、アグカは裁判で、背後の黒幕について何も喋らなかった」

「証言したら、殺されたでしょう。オズワルドみたいに。それに、おそらく、アグカは何も知らなかったでしょう。それで殺されずに済んだ。少しでも、黒幕に繋がる人物を知っていたら、きっとキュッでしょうね」

柘植は首に手をあてナイフで切る真似をした。

リターン・キイを叩き、コンピューターに検索を命じた。顔面認証ソフトが検索を開始した。

「何を検索している？」

「この群衆に、モサドの要員がいるはずです。それをモサドの要員の顔のリストと照らし合わせているのです」

いきなり、動いていた画像の一つが停止した。群衆の中の一つの顔に箱型のマークがついた。マウスで、カーソルを移動し、クリックして、顔を拡大する。群衆のほとんどが、教皇の方を見ているのに、その男だけは、じっとアグカに視線を向けていた。アグカは拳銃を教皇に向けていた。

ディスプレイに、男のプロフィールが浮かび上がった。

スティーブン・ハウアー。

一九四五年ドイツ・ミュンヘン生まれ。ユダヤ教徒。イスラエル・テルアビブ在住。貿易商。共産圏貿易に従事。経歴詳細不明。モサド要員と見られる。……

「当たりですね。モサドはこの時点で、すでにアグカを監視していた」

「なるほど、きみの推理通りだな」

醍醐1佐は唸った。柘植はなおも検索を進めた。

ディスプレイが動き、また群衆の中に一人の女の顔を選んで止まった。女も教皇専用車を見ずに、首を回してアグカを見ている。次の画面では、女はカメラをアグカに向けていた。

女の名前が浮かんだ。カッツア（現地工作員）の表示が出ていた。

「ここにも、モサドがいた」柘植は頭を振った。

「モサドに監視される中で、やっていたというわけか」

醍醐1佐も唸った。

コンピューターのディスプレイに緊急のEメールが入ったという表示が点滅した。

柘植はキイを押し、Eメールの窓を出した。ポストマンの絵が手紙をポストに投函している。

柘植はEメールを開いた。

『緊急命令　本日一三〇〇時に統幕運用本部に出頭せよ』

「なんですかね？　突然に」

柘植は醍醐1佐と顔を見合わせた。

第三章　イスラム戦線異状あり

1

埼玉県朝霞基地
陸上自衛隊即応部隊特戦隊本部
5月5日　〇九〇〇時

桐野徹郎は入間基地に降り立った。

C－1輸送機の後部ステップから降りると、目の前に高機動車が走り込んだ。助手席から3等陸尉が降りて、桐野に敬礼した。

「お迎えに上がりました。特戦隊の久我3尉です」

「ご苦労さん」

桐野は額に手をあて、答礼した。久我3尉の野戦戦闘服の胸にレンジャーの記章が誇らしげに輝いていた。桐野は助手席に乗り込んだ。

運転席にいた3等陸曹が会釈した。助手席に久我3尉も乗り込んできた。高機動車の前部座席はゆったりとしていて、三人が腰掛けても十分にゆとりがある。

桐野は車が走り出すと、目を閉じた。まだちりちりとした背筋に走る緊張感が解けないでいる。ジャングルで、いつも警戒心を研ぎ澄ませていると、ほんの少しの刺激でも過剰に感じてしまう。

黄金の三角地帯から、部下たちよりも一足早くバンコックに抜けたのは、4日の夕方のことだった。そこから空自のC－130輸送機による「国連定期便」に乗り換え、沖縄に飛んだ。那覇空港で、さらに空自のC－1輸送機「東京急行」に乗り換え、入間基地に飛んだ。入間基地で待っていた特戦隊司令部差回しの高機動車に乗って、練馬の駐屯地に駆け付けるところだ。

久しぶりの日本の街は、見慣れた東南アジアの街並と違って、どこか冷たく、コンクリートの町のように見える。桐野は自分がすっかりアジアの風土に馴染んでしまっているのを悟った。

「桐野1尉が羨《うらや》ましいです」

目を開けると、久我3尉が尊敬の眼差しを桐野に向けていた。

「何が？」

「まだ自分は実戦に出たことがありません」

「できれば出ない方がいい」

「それはないでしょう。特戦隊に入った以上、一度は本物の戦争に出てみたい」

「いまに、すぐに出ることになる。焦る必要はない」

「自分はいつ出動を命じられてもいいように、常に心がけて、鍛練しています。だから、自分の力を試してみたい」

「軍事行動は単独の戦いではない。チームワークだ。それを忘れずにいろ」

「分かってます。自分一人で戦うわけでなく、連携プレイで、敵に向かうのでしょう。そのことは常に頭にインプットしてあります」

「それが、実戦になると、ついつい忘れてしまう」

「そうならないよう、がんばります」

車は川越街道に入った。車の流れが急に多くなる。

桐野は異邦人になった気分で、日本の街並を眺めていた。

「今度は、どんな任務なのですか？」

「さあ。きっとろくな任務ではない」

桐野は覚悟していた。緊急の呼び出しは、決まってほかの部隊にはできない類の任務のためだった。それも、飛び切り危険で困難な任務だった。

特戦隊の正式な呼称は、即応部隊特殊戦闘隊である。国外国内を問わず、日本人がテロに遭ったり、日本の国益が損なわれる事態が生じた場合で、警察のＳＷＡＴでも手に負えない敵で、なおかつ通常の自衛隊の部隊を動かすには無理があるような場合に、すぐに出動できる即応打撃部隊だ。特戦隊は約一〇〇人の精鋭部隊で、小回りのきく機動小隊3個に分かれている。特戦隊にはオスプレイ3機と護衛のスーパーアパッチ攻撃ヘリ3機、偵察ヘリ1機が配置され、機動力のある部隊編成になっていた。

特戦隊は、警察のＳＷＡＴや海上保安庁の特殊部隊と違って、犯人や敵を逮捕することよりも制圧することが主たる任務だった。そのため、守りの部隊というよりも、先制攻撃するための部隊で、マスコミからは「殺しの部隊」と揶揄《やゆ》されていた。事実、国境を越えて洪水のように日本に流入してくる麻薬の撲滅のため、水際で麻薬を食い止めるのは警察や海保や税関に任せ、特戦隊は国外に打って出て、非合法ではあるが、ビルマやタイの奥地に潜む麻薬コネクションを叩き潰す、荒っぽい作戦も行なっていた。

車が朝霞基地の正門に入ると、桐野は衛兵隊に捧げ筒の敬礼で迎えられた。

車は四階建ての何の変哲もないビルの玄関先に滑り込んだ。二階への階段を駆け登る。廊下にずらりと並んだ戸口のうち、四番目のドアの前に立った。ドアに「特戦隊司令」の札が貼りつけてある。

ドアをノックして開けた。副官の園田1尉と、婦人自衛官（ＷＡＣ）の3曹が机で事務を執っていた。端正な顔の園田1尉が顔を上げた。桐野は奥の司令室に親指を立てた。

「ボスは？」

「あ、桐野1尉」

副官の園田1尉は桐野の服装にじろりと目を走らせたが、何もいわずに立ち上がった。ワックの3曹も桐野の汚れた格好に目をしばたたいた。

「いま、お客と会っている。ちょっと待ってくれ」

司令室のドアを叩いた。返事があった。

「桐野1尉が到着しました」

「入ってくれ」奥から返事があった。園田は入るように手で促した。

桐野は野戦戦闘服の襟を正した。迷彩野戦戦闘服は血で汚れたままだ。戦闘服の左腕の部分は治療のために引き裂かれ、白い繃帯がぐるぐる巻きにしてある。むっとする汗の臭いがしているが、着替える間もなく飛び帰ったのだから、仕方がない。赤いベレー帽を被り直し、シャツのボタンの掛忘れをチェックした。異状なし。

桐野はドアを押し開き、内部に入った。

「桐野1等陸尉、召集命令を受け、ただいま到着しました」

正面にいた司令の石田勲男1佐に敬礼した。

「おう、ご苦労さん。ちょうどいい」

石田1佐は机の向こう側で立ち上がった。向かいの椅子に座っていた二人の背広姿の男たちも立った。

「いま、お話していた桐野1尉です。こちらは外務省審議官の萩原さんと、情報局の男鹿さん」

「よろしく」「よろしく」

萩原審議官は大柄な躰を折るようにして会釈した。細身の男鹿も礼儀正しく腰を折って挨拶した。桐野はベレー帽を脱いで、頭を下げた。

「桐野です。よろしく」

「桐野1尉、座ってくれ」

石田司令は空いた椅子に桐野を促した。桐野は椅子を引いて腰を下ろした。

「ミッションはうまくいったらしいな」

「はい。目的は達成しました。わが方の損害は死者一名、負傷者四名です」

「貴官も負傷したのでは？」

「こんな傷は、傷のうちに入りません」

桐野は左腕の繃帯を差した。石田司令は嬉しそうに笑った。

「桐野1尉は、こういう男なんです。多少、無鉄砲なところもあるが、任務を遂行するのに、こんなもってこいの指揮官はいない」

「慎重にことを運びたいのですが」

萩原審議官は桐野を値踏みするように、じろじろと上から下まで見回した。

「桐野はことにあたっては、冷静沈着。どんな緊急事態に陥っても、動揺せずに任務を果たす。こんな打ってつけの男はいない」

桐野は黙って、話を聞いていた。

萩原審議官と男鹿は手にした書類を睨んだ。萩原は呟くようにいった。

「鹿児島県出身。北海道大学工学部機械科卒。ほう、一般大学出身者ですか？」

「なにも防大出ばかりが、優秀というわけではないのです。むしろ、防大出よりも、一般大学出の方が軍人として優れた資質の者も多い。人間の幅もある。この男は、その一例でしょう」

石田司令が補足するようにいった。

「ほう、アメリカのウエスト・ポイント士官学校に留学しておられるのか。帰国後、習志野第1空挺団を経て、沖縄第2空挺団に配属された」

「そうです。沖縄第2空挺といえば、泣く子も黙る、陸自の猛者《もさ》を集めた部隊でしてね。いつ何時でも、戦場に駆け付ける緊急展開部隊の一つなのです。そこで、桐野は苛酷な訓練を重ねた」

「その後、特戦隊創設とともに、同部隊に配転された」

「部隊創設にあたり、上に頼んで、私が桐野1尉を引き抜いたのです。それで、第2空挺からはだいぶ恨まれた。私と桐野は第2空挺以来の信頼できる戦友なのです」

「これまでに、三度のミッションに特戦隊の一線指揮官として参加。いずれも、ミッションを成功させて、無事帰還している。この三度のミッションというのは何ですか?」

萩原は桐野に向いた。

「私の口からは、申し上げられません。まだ公にはなっていませんので」

「私から説明しよう。一つはマラッカ海峡で、武装海賊にシージャックされたタンカーから日本人乗組員を救出し、海賊全員を捕虜にしてタンカーを取り戻した作戦です。もう一つは、フィリピンのミンダナオ島で、武装ゲリラに拉致された日本人技術者を全員無事解放した作戦。三つ目が、チベット山岳部で中国軍にミサイル攻撃され、不時着した空自輸送機C－130から、生き残った乗員三名を救出した作戦です。それに、今回、ビルマ国境地帯を支配する麻薬王クンサーを暗殺し、麻薬の生産を阻止する作戦。ですから、四度のミッションになる。いずれも、部下たちを全員無事に連れ帰った。特戦隊では、ぴか一の指揮官です」

「今回、残念ながら一人を失いました」

「そうだったな。戦闘では仕方あるまい」

萩原と男鹿は顔を見合わせ、うなずき合った。

「結構です。桐野さんを信頼しましょう」

「そういうわけだ。桐野1尉、きみにやってほしいことがある」

石田司令は桐野に微笑みかけた。桐野は、それが悪魔の微笑みなのを知っていた。石田司令が優しく微笑むほど、状況は緊迫し、危険さが増すのである。

「まず話をお聞きしましょう」

「実は、イラク国内のイスラム国支配地域で、日本人三人と現地イラク人二人の五人が、イスラム過激派に拉致されたのです。このニュース、ご存じでしょうね」

「CNNのニュースで見ました」

ここへ来る途中、飛行機の中で考えたのは、この事件だった。きっと、その事件にからんでの話だろうと覚悟をしていた。

「ならば、話は早い。残念ながら、まだ過激派たちのベースの所在地は分かっていません。が、イラクとクルド共和国の国境地帯であることは確かです。五人、つまり海野聡さんを団長とする調査団ですが、おそらく解放されないで、殺される恐れがあります。なにしろ、過激派ゲリラが出した要求は、日本政府はともかく英仏政府が、とうてい飲めるものではなく、今後のこともあるので、わが国は最終的には要求を拒否することになるでしょう。我々にできることは、交渉を重ねて、できるだけ時間を引き延ばすことだけです。その間に、イラク政府が軍事的圧力をかけて、人質を解放させることができるかどうかですが、これまでのイラク政府の対応の鈍さを見ていると、あまり期待できるものではない。残る方法は、特戦隊に出てもらい、極秘のうちに人質を救出してもらうしかない。どうですかな。やってもらえますか?」

石田司令も桐野を見た。

「もちろん、これは志願だ。命令は下さない。あくまで志願する連中でミッションは行なう。桐野1尉、志願して、現地に飛んでくれるな」

志願といっても、形式で、事実上は命令が形を変えたものに過ぎない。桐野は溜め息混じりにいった。

「それには、条件があります」

「何かね？」

「私の部下たちを連れていきたいのです。いまバンコックに待機している、私の中隊から、要員を選抜したいのですが」

「もちろん、私もそれが一番いいと考えていた。だから、バンコックにいたきみを呼び戻したんだ。志願するなら、誰でもいい、連れていっていい」

「ありがとうございます。支援の方は？」

「今回はオスプレイを出す。アラビア湾には、F35を載せたヘリ空母「ひゅうが」が出ている。さらに空自が国連平和執行軍として303飛行隊を派遣している。彼らにCAS《キャス》（航空支援）させることも可能だ。陸自の後方支援部隊も詰めている。できるだけの援助をする」

「お願いがあります。ミッションが終了後、我々に前からいっていた二週間のボーナス休暇を下さい」

「お安い御用だ。上にいっておこう」

石田は揉み手をした。桐野はまた溜め息をついた。今回の麻薬撲滅作戦の後にも、必ず二週間の休暇を隊員たち全員に約束していた。それはまだ果たされていないのだ。

桐野は萩原と男鹿に向いた。

「では、いまの状況を聞かせてください」

2

モスクワ・クレムリン
　大統領執務室
5月5日　午後四時半

　ウラジミール・カガンスキー大統領は、いらついた顔で、執務室の床を踏みならしながら、歩き回っていた。その大股で歩き回る姿は、カガンスキーの愛称である「ウラルの大熊」を誰にも思い起こさせる。

　大熊はプーチン大統領の後継者としてロシアの近代化を進めてきたが、いまでは、その改革派の看板もだいぶ色褪せていた。それでも、カガンスキーが権力の座に居座り続けることができるのは、後ろ盾としてアメリカやEC諸国の経済援助があるからだった。

　アメリカやEC諸国がウラジミール・カガンスキーを応援しているのは、ロシア政界にはプーチン以後、ろくな人物がおらず、いずれもロシア・マフィアと繋がっていて、汚職まみれだったためだ。といっても、ウラジミール・カガンスキーの場合、彼がロシア・マフィアと繋がりがなく、汚職をしていないクリーンな人間というわけではない。カガンスキーがFCS（ロシア連邦保安庁・元KGB）の長官であった時の人脈を利用して、自分のスキャンダルや汚職の綻びを巧みに塞いでいるからであった。それればかりか、ウラルの大態は、FCSの秘密のチャンネルを通して、右派はもとより、中道派から中道左派、さらには旧共産党系の保守派までのスキャンダルをいろいろと握っており、それが脅しとなって、いまのところ、誰もウラジミール・カガンスキーに歯向かおうとしないだけだった。

さらに、アメリカやEC諸国の多国籍企業がフル資本参加して、カスピ海油田開発の利権を手に入れており、それもウラジミール・カガンスキーがモスクワの権力を握っていることが保障となっていた。でなければ、いくらカスピ海の底には、中東の大油田を上回る豊富な埋蔵量の原油があるといっても、周辺諸国の政治的不安定さが大きすぎ、イスラム原理主義が燃えひろがっている地帯へ、誰が巨額の資本を投下するものだろうか？

その投下資本とて、油田開発に投じられる額のある部分はウラジミール・カガンスキーや取り巻き、子飼いの軍幹部たち、それに連なるマフィアの懐に流れこんでしまうのが分かっているというのに。

カガンスキーは腹立ちまぎれに机をどんと叩いた。

現地の事情を知らず、これまで杜撰《ずさん》な経営管理で文句をいわなかったヤポンスキー（日本人）の連中も、ようやく詐欺みたいな実態に気付いて、あれこれと注文や文句をつけてきた。いずれ連中については、ごつんと殴って黙らせればいいと思っていたが、とんだところで、カスピ海計画の足をひっぱるやつらが出てきたのだ。

一つ目の厄介事は、巨額の裏金で指導部を買収し、いったんは黙らせることに成功したのに、またぞろチェチェン共和国の指導部はイスラム原理主義者たちの突き上げにあって、独立を叫びはじめた。そして、あろうことか、何者かがカスピ海油田と黒海を繋ぐパイプラインの一本を爆破してくれたのだ。

ＦＣＳに犯人探しを命じたから、いずれも、爆破した犯人たちが明らかになるだろうが、これでカスピ海計画がまたも頓挫し、西側投資会社が投下資本の引き揚げを言い出すに違いない。

プーチン大統領なら、すぐにでも国権を発動し、大統領直轄の治安部隊を大挙送って、チェチェンのイスラム原理主義者のイヌどもを蹴散らし、黙らせてしまうものを。

いまの「民主主義」体制の中では、大統領の権限がプーチン時代よりも、著しく削減されて、議会の承認なしには、大軍を送れなくなっていた。いまいましいといったら限りがない。

そこへもってきて、二つ目の厄介事が、お膝元のモスクワで、それもクレムリン宮殿と目と鼻の先で起こったのだ。

ヤポンスキーの大使館が、イスラム過激派によって爆弾テロに遭い、死者四七人、負傷者一二八人を出す大惨事になった。犠牲者のほとんどが、子供たちだった。当日、運悪く日本大使館では憲法記念の祝いと子供の日のチャリティバザールを催していたこともあって、それだけ子供の犠牲者が出てしまったのだった。

犯行直後に出た「バビロンの獅子団」の声明には、日本人に対して、イスラム世界から、いっさいの手を引けという警告が書かれていた。それに対して、日本政府の橘首相は、イスラム過激派への断固たる報復を誓い、彼らを助長したり、野放し状態で跋扈《ばっこ》させる国家へは援助を打ち切ると声明した。名指しこそしなかったが、橘首相は、おそらく今回の爆弾テロを防げなかった我がロシア政府に対して、善処せよといっているのに違いない。これで、ヤポンスキーの連中は、カスピ海計画といい、ロシアへの経済援助といい、見直しをはじめるだろう。

この爆弾テロについては、数日前にＦＣＳのグレブ・スルイシキン長官から、イスラム過激派がどこかの施設を狙っている動きがあると聞かされていた。そのため、大統領府や政府関係施設、あるいは軍事関係施設、アメリカ大使館などの警戒を強めていた矢先だった。まさか、日本大使館が狙われるとは思わなかった。

「大統領閣下」

　部屋の隅にちぢこまっていたセルゲイ・カンテミロフ首相がおずおずと声をかけた。カンテミロフは、ウラジミール・カガンスキー大統領が独り言をいいながら、熊のように歩く姿に声をかけるのをはばかられていたのだった。

「カンテミロフ首相、いったい、チェチェンの山猿どもは、何を考えているんだ？　あれだけ、わしらが金を出して、山賊どもを懐柔するようにいったの、パイプライン一つ守れないで。どうなっているのだ？」

「山賊かどうか、いまのところ犯人たちの正体が明らかではありません。ＧＲＵ（参謀本部情報総局）に入った情報によると、犯人たちはヘリコプターを使用していたということです」

「なんだって！　山賊どもがヘリを持っているというのか」

「必ずしも山賊とは限らないのです。現在、ＧＲＵをはじめ、ＦＣＳ長官にも大至急に現場での襲撃の状況を把握するよう指令を出してあります。

今回のパイプラインの爆破により、カスピ海計画は大幅な変更になりかねません。パイプライン敷設ルートが、これによって振り出しに戻り、グルジア経由のパイプラインも検討することになるかと」

カスピ海石油開発事業の最大のネックは、そこで採れた石油をどうやって黒海の積み出し港に運ぶかだった。開発は順調に進み、現在カスピ海に五〇〇以上の油井のターミナルが建っている。さらに掘削中の井戸を含めれば、今後五ヵ年間に全域で八〇〇本以上の油井の櫓《やぐら》が湖面に林立することになる。いまでは、月に一〇〇万バーレルの石油を生産しており、新設中のパイプラインが完成すれば、生産はさらに増加することになっている。

だが、いくら豊富な埋蔵量があっても、採り出した石油を運びだせなければ宝の持ち腐れだ。石油を陸路タンクローリーで運ぶのは、あまりに採算が合わないし、現実的ではない。

カスピ海に注ぐヴォルガ河をアストラハンから遡り、ヴォルゴグラードの手前で、運河を通って、ツィムリャンスク湖に出て、ドン川を下る船のルートがなきにしもあらずだが、巨大タンカーが通過することはできず、採算に見合わない。

現実的で、最も効率がいいのは、パイプラインで黒海にまで運ぶ方法だった。これまで、パイプラインの敷設ルートの案は四つが検討されてきた。

第一案は、カスピ海沿岸のマハチカラかチェチェン共和国内を通り、カフカス山脈の北側に沿って進み、黒海のノヴォロシースク港に抜けるルート。このルートは、旧ソ連時代に敷設したものとほぼ同じで、バクーの油田地帯からカスピ海の西海岸沿いに北上し、マハチカラを通って、チェチェン共和国のグロズヌイの郊外を抜け、黒海に至るルートと重なっている。しかし、旧ソ連時代、アゼルバイジャンもソ連邦の一員で、モスクワに反旗を翻すことはなかったが、いまでは独立して、石油開発の恩恵に与《あずか》ろうとしていた。

その様子にソ連崩壊後、隣国のチェチェン共和国もロシア連邦からの独立を画策し、プーチン時代に何度となくロシア軍との戦争を起こした。ロシア連邦としては、ここでチェチェンに独立されては、カスピ海での石油開発利権を大きく失うことを意味しており、絶対に許せない。

チェチェン共和国の大多数を占めるイスラム教徒は、中東でのイスラム原理主義運動の高揚の影響もあって、チェチェン共和国をイスラム共和国にしようとしている。そうしたこともあって、この地域は政治的に不安定要素を抱えていた。

第二案は、アゼルバイジャンのバクーからカフカス山脈の南側を通って、グルジア共和国の中を通り、黒海に出すルートだ。この案は、アゼルバイジャン、グルジアと、いずれもロシア連邦から分離した独立国家を通すもので、ロシア連邦は両国に石油の供給減を押さえられることになる。さらに、両国にパイプラインを通すには、巨額の通行料を払うことになり、ロシアの儲けは大幅に削減されることになる。

しかも、グルジア国内には、さらに分離独立を叫ぶ少数民族が武装闘争を開始しており、地方の治安は必ずしも安定していない。アゼルバイジャンもまた隣国アルメニアと、アゼルバイジャン飛び地をめぐって、険悪な状態にあり、パイプラインが通過する国境地帯では何度も紛争が生じている。

第三案は、アゼルバイジャンから、その対立関係にあるアルメニアを抜け、トルコに通すルートである。政治的に不安定なグルジアを避けて通すのはいいが、今度はアルメニアとアゼルバイジャンの紛争次第で石油が止まることになり、これまたリスクが大きい。

第四案は、カスピ海南岸のイラン領内のバンダル・アンザリーからパイプラインを通し、エルブルズ山脈を越え、ペルシャ湾に通すルート。このルートは湾岸の不安定さや、イランのイスラム宗教僧たちに石油の供給を押さえられる欠点がある。

こうした四つの案が米英仏独の西側石油会社や日本企業、それにロシア政府、アゼルバイジャン政府などカスピ海周辺関係諸国によって十分に検討された結果、結局、第一案が採用されることになった。それも、ロシア連邦政府がチェチェン情勢をなんとか治めることを前提としてである。

その際、第一案のロシア連邦国内を通すルートだけでは不安があるということで、第二案のアゼルバイジャン―グルジア・ルートも、敷設しようとする動きがあった。それはグルジア政府の強い要望から出た動きで、西側企業団は、ロシア・ルートが不安な状態になれば前向きに検討しようとしていた。

「なんとしてもグルジアを通すのだけは避けたい。グルジアのハイエナどもに、ロシアの石油を横取りされることになるからな。グルジアの連中にだけは、頭を下げたくない」

「そうはいいましても、グルジア・ルートには、アメリカ石油会社や日本企業が乗り気になってます」

「だから、なんとしても、チェチェンのイスラム教徒たちを抑えこむ手立てを考えるんだ。この際、いかなる手段をとってもいい。カンテミロフ首相。カスピ海を抑える国が、今後の世界を制する。きみの内閣の総力を挙げて、頑迷なイスラム教徒どもに鉄槌を打ち下ろす方策を考えだしてくれ」

「分かりました。国家安全保障会議を緊急招集して、早速方策を検討したいと思います」

「頼むぞ」

ウラルの大熊は大声で吠えた。

3

東京・警視庁
5月6日　午前十時

皇居の新緑が陽光を浴びて、燦然と輝いている。

大門将人警視は六階の窓から射し込むまばゆい光に手をかざして目を覆った。生《なま》欠伸《あくび》を嚙み殺しながら、女性職員がたててくれたコーヒーを啜った。

このところ、満足に眠っていない。沖縄から戻ってからも、ほとんど家に帰らず、警視庁の理事官室に詰めている。

部屋には、国際捜査課長の猪股幹男《いのまたみきお》警視が椅子に座って書類に目を通していた。猪股課長は大門警視よりも一つ年上だったが、同期のキャリア組だ。

大門は皇居の堀に浮かぶ白鳥に目をやりながら、先日の沖縄での失敗を反芻していた。

いまから思うに本当に大失敗だった。最初から、馬渡洋平は、こちらの動きを見ていて、我々に罠を仕掛けたのかもしれない。あの時、事前に万全の準備をして臨めば、被害も最小限に食い止めることができたかもしれなかった。

ＶＸガスによる死者は馬渡の仲間と見られる男たち三人、捜査員一人、隣室のマンション住民二人の合計六人になった。そのほか、ガスを吸った十八人の近所の住人が救急病院に運ばれている。

至急に応援を要請して駆け付けた自衛隊化学防護隊とアメリカ軍化学戦部隊の解毒剤が効を奏して、死者を最小限で食い止めることができたのが不幸中の幸いだろう。

馬渡のマンションに大門たちが踏み込んだ時、三人の男たちが倒れていた。部屋の中に二人、玄関先に一人。いずれも死体で、その中に被疑者の馬渡洋平の姿はなかった。念のため、ガスを吸って病院に運ばれた人たちの全員を調べたが、馬渡はいなかった。

死んだ三人の男たちは、いずれも中国製トカレフ自動拳銃やナイフを所持していた。その後、沖縄県警は死んだ三人の男の身元を割った。三人はいずれも、密入国した中国人だった。彼らの所持品から三人の住んでいたアパートの部屋を割り出し、ガサをかけたところ、偽造パスポートや大量の偽造クレジット・カードが出てきた。

あの部屋で、いったい何があったというのか？

中国人三人組は、おそらく香港人のブローカーの仲間か、あるいは組織から派遣された者に違いない。

中国人の男たちが、馬渡のケースを奪おうとして、争いになったのか？　あるいは、仲間割れか？　なにかのはずみで、アタッシェ・ケースにセットしてあった爆弾が爆発した事故なのか？

現場の部屋の床には、爆発したアタッシェ・ケースの破片が散乱していた。アタッシェ・ケースに仕掛けられてあった爆弾が爆発したらしい。ただし、爆発の威力はあまり強くなかったが、中に入っていたVXガスの容器を壊し、ガスを吹き出させるには十分な力を持っていた。アタッシェ・ケースの破片に混じって、無数のガラスの細片が見つかった。

鑑識が採取したガラスの細片を科警研に持ち帰って分析したところ、細片には微量だがVXガスの成分がこびりついていた。おそらくVXガスガラスの小瓶かガラス球に封入されており、それが爆発で割れてガスが噴出する仕組みになっていたのだろうと推察できた。

いずれにせよ、馬渡一人だけはいち早く現場の部屋から逃走し、行方をくらました。

後になって分かったことだが、ビルの外側についている螺旋状の非常階段から、人影が降りてくるのを、張り込んでいた捜査員の何人かが見ていた。毒ガス発生と聞いて捜査員たちも避難しており、その間に人影はどこかに消えたということだった。

馬渡は現場に張り込んでいた捜査陣に気が付いたのかもしれない。そのため毒ガスを使って、現場を混乱させ、その間に本人は逃走した可能性もある。

ドアにノックがあった。大門は振り向いた。

「理事官、宇宿《うしゅく》と原口です」「入ります」

ドア越しに声が聞こえた。ドアが開き、宇宿功管理官と、捜査一課特殊犯捜査一係長の原口朝彦警部が入ってきた。

「ああ、ご苦労さん」

二人は国際捜査課長の猪股警視に気付いて、軽く会釈した。

「ま、二人とも、そこへ座ってくれたまえ」

大門は宇宿警視と原口警部にソファの椅子を勧めた。

宇宿警視は捜査一課特殊犯捜査一係と二係を統括している管理官であり、叩き上げのノンキャリアだった。原口係長は、その下で特殊犯捜査一係の班員を率いているベテラン警部だった。

大門警視と宇宿警視は、階級としては同格だったが、理事官は捜査一課長に継ぐナンバー2の地位になり、多忙の捜査一課長に代わって、捜査の陣頭指揮を執る司令に相当していた。管理官は、その司令の下で、実際に現場に出て指揮を執る前線指揮官にあたる。

大門はソファに座り、二人の顔を見回した。

「実は国際捜査課から、ある重要情報が、捜査一課の特殊犯捜査係に回ってきた。情報の内容の重要性から、これまで、一課長と相談し、私自身が出て、極秘の内偵調査を進めていたが、事件の性質上、社会的にきわめて重大な影響があると判明したので、今後は、捜査一課特殊犯捜査係と国際捜査課の合同の特別捜査隊を創って、捜査に乗り出すことになった。これは刑事部長の指示なので、そのつもりでいてほしい。捜査の手違いから、沖縄で犠牲者が出た。そのため、沖縄県警と合同の特別捜査本部を設けて、捜査することになるが、そもそもはうちが最初に手掛けたヤマだから、なんとしてもうちが犯人を捕《と》る。沖縄県警に先をこされるわけにはいかない。それから、事件の性質上、公安部も捜査に乗り出す構えだが、刑事部の面子にかけて、公安部や沖縄県警本部の連中に負けるわけにはいかない」

大門は捜査ファイルを宇宿と原口に渡した。しばらくの間、二人はファイルに読み耽った。ドアにノックがあり、女性職員が二人分のコーヒーを持って入ってきた。女性職員が出ていくと、大門は読んでいる二人を見回した。

「そもそもの発端はどうなっているのです？」

宇宿管理官がきいた。当然の質問だ、と大門は思った。猪股国際課長に顔を向けた。

「猪股さん、説明してくれるか」

猪股課長はうなずいた。

「実は、先月末、うちの国際捜査課にインターポールから、日本人で馬渡洋平なる人物について、国際緊急指名手配が入った。インターポールの国際武器密売捜査班が得た情報によると、その馬渡なる人物が、インターネットを介して、『パンドラ』なるものを売り出しているというのだ。それに対して、国際犯罪シンジケートのいくつかが、そのパンドラに異常なほどの関心を示し、その日本人と盛んにやりとりをはじめているというのだ。その『パンドラ』には巨額な金額がつけられているのだが、いくつかのシンジケートは、それを購入したい意向なんだ。そこで、パンドラの売買を、日本で阻止してほしいというのだ」

「パンドラ？　妙な名前ですな。いったい何を売ろうというのですかね？」

宇宿管理官が訝った。大門は答えた。

「ＮＢＣ兵器の暗号ではないか、というのだ。たとえば、核兵器とか、化学兵器、あるいは細菌兵器かもしれない」

「そのパンドラとやらの値段は、いくらなのですか？」原口警部がきいた。

「パンドラは三種類あるそうだ。それでも一番安いもので七億円。高いものでは二十億円もする」

原口は口笛を吹いた。宇宿が目を細めた。

「そのパンドラを買おうとしてるシンジケートというのは？」

猪股課長は顎をしゃくった。

「一つはコロンビアの麻薬シンジケート『メヂシン』が金を出している武器密売組織、もう一人は、アハマッド・アリ・ジャマリ、裏世界の武器商人、それから香港の黒社会《ハッセイウイ》のブローカーだ。しかし、彼らはいずれも誰かの代理人に過ぎない。裏側にいる代理人はまだ不明だ。いったん、彼らの手にブツが渡ると、問題はさらに厄介になる。イスラム国やアルカイダといったイスラム過激派やテロ国家に渡ったらえらいことになる。それを事前に食い止めてほしいというのがインターポールからの要請だ」

「しかし、ほんとうですかね。詐欺ではないのですか？　この日本で、馬渡はどうやって核兵器やBC兵器を入手したのか？　ニセモノを売りに出したのかもしれない。インターネットなら、何でもできますからね」

原口は訝った。大門警視はうなずいた。

「私もはじめはインターネット詐欺だろうと思った。しかし、国際捜査課と協力して内偵捜査したら、どうもモノホンとらしいとなった。馬渡はしきりにウラジオストックに出張しては、ロシア軍関係者と接触していた」

「ロシアからですか。金に困ったロシア軍の幹部をたらしこめば、核兵器でも細菌兵器でも、なんでも手に入りそうだ」

宇宿管理官は合点がいった様子だった。大門は続けた。

「そこで、まず、証拠はないが、マル被（被疑者）の身柄を抑え、叩けば埃がでるだろうと、張り込んだ。うまいことに、傍受班は、マル被が沖縄で、香港人のブローカーに会うという会話を聞き付けた。マル被は沖縄に部屋を持っていることが分かった。それで、私は緊急に沖縄に乗り込み、沖縄県警の応援を得て、マル被の身柄を抑えようとした。そこで、VXガスが使用されるという事態になってしまった。これは私の失態だ。マル被を舐めてかかったのが失敗だった。はじめから沖縄県警などに頼らず、うちの捜査員を総動員してでも、やつを現場で捕ればよかった。本当に悔やまれても仕方がない」

「その馬渡洋平とは、何者なのですか？」

「これまで国際捜査課が調べたマル被の身元はこうだ。姓名・馬渡洋平。１９９２年、北海道旭川生まれ。本籍旭川。現住所、神奈川県横浜市。現在、三四歳。独身。恋人あり。郷里の旭川に両親は健在。実の妹が札幌在住で、大学生。兄妹は、この二人だけ。馬渡洋平はいったんは東京の外国語大学ロシア科に入ったものの三年で中退。退学の理由は不明。その後、貿易会社に就職し、ロシアのモスクワ支店に派遣される。二年前に、会社から独立し、横浜に仲間数人を集めて、有限会社『ドリーム貿易』を設立した。主に東南アジアやロシアと材木や雑貨の輸出入を行なっている。なお、これまでに、馬渡にはレキ（逮捕歴）やマエ（前科）はなし。この写真は、運転免許証からのコピーだ」

　大門は正面からの顔写真を机の上に置いた。原口が写真を手に馬渡の顔を丹念に眺め回した。

「その香港人ブローカーの身元は？」

「これは不明だ。インターポールからの資料では、香港人の名前は李克玉《リーハッユッ》とだけは分かっている」

「馬渡は沖縄で、その李克玉と会ったのですかね？」

「連絡は取ったろう。馬渡は携帯をよく使っていたから。しかし、李とは直接会ってないかもしれない」

「どうして、そういえるのです？」

「馬渡の部屋で見つかった三人の中国人死体は、李の手下か仲間だろう。これは、私の推測だが、李は馬渡の持っているブツに興味はあるものの、インチキなモノを売り付けられて困ると思ったのではないか？　それを手下の三人に事前に調べさせようとした。そこで三人は馬渡にブツが本物かどうか見せろと拳銃でも振りかざして、馬渡を脅したのかもしれない。その結果、ブツは本物であることは分かったが、三人の男たちはあの世行きになった。そんなところではないかな」

大門は頭を振った。原口警部はうなずいた。

「肝心のブツは、どこにあるのですかね？」

「きっと馬渡しか分からないところに隠し持っているのだろう」

「マル被のヤサや、会社、女のところに一斉ガサを入れたらどうでしょう？」

「それは馬渡を捕ってからのことだな。パンドラが危険なものなら、絶対に馬渡は少量の見本以外持ち歩くはずがない。商談が成立するまで、きっとブツはどこかに隠してあるはずだ。それも馬渡でなければ分からないところにな」

「いま、馬渡はどこにいるのです？」

「すでにやつは沖縄から逃げ出した。横浜には、馬渡の仲間や女がいる。その女のところへ、昨夜、メールが入った。大阪にいるという内容だった」

「沖縄県警には報せてあるのですか？」

「いや、まだだ。合同で帳場を立ててはいるが、こちらは独自にでも動く。足手まといになるだけだからな。適当な時間を見計らって、あちらには知らせる」

「分かりました。では、女や会社、友人や立ち回りそうな場所に張り込む必要がありそうですな」

「そういうことだ」

「これは厄介な捜査になりそうだ」

原口警部は短い頭髪をぼりぼりと掻いた。

「ともかく、馬渡はパンドラを買いたいという相手と交渉したがっている。まだ、やつは我々が動いているということを知らないはずだ。電子捜査班には、インターネットのやりとりを監視させている。きっと、馬渡は今回の事件をうまく利用して、パンドラの買い手と連絡を取るはずだ」

「今回の事件を利用するって？　どういうことです？」

宇宿管理官が訝った。

「期せずして、やつは、パンドラを売るという話が詐欺ではないことを、あのＶＸガス事件で証明した。買い手は、これまでパンドラがホンモノかどうか半信半疑だったろうが、ホンモノであると分かったはずだ。これからは以前にもまして、パンドラを欲しがるようになるだろう」

大門は顎をさすった。

「そこで、いい考えがある。インターネットで、今度は我々が買い手の誰かを装って、マル被を誘い出す。パンドラを買うといってな」

「囮捜査は禁じられていますが」

宇宿管理官がためらいの表情を浮かべていった。大門はにやっと笑った。

「やつを罠に誘い出すだけだ。実際に買おうというのではない。まずは、パンドラとかいう物騒なものを押さえること、それが最優先だ。馬渡の罪状については、その後に考えればいいではないか」

大門は猪股課長と顔を見合わせて、うなずき合った。

4

イラク北部イスラム国支配地域
5月6日　午前四時

ようやく東の空がしらじらと白みはじめた。

くっきりと晴れ上がった空の下に、低い岩の丘陵が拡がっていた。

海野聡はテントの隙間から見える外の空気を鼻で嗅いだ。かすかに山羊の糞の臭いがする。付近に遊牧民がいるのだろう。

海野は寒さを堪え、歯をがちがちと鳴らした。

気温は零下になっていた。海野聡は毛布を躰に巻き付け、暖を取ろうとした。だが、岩場の陰に造られた簡易テントは、隙間だらけで、土漠から吹き寄せる冷たい風がびゅうびゅうと音を立てて入りこんでくる。

隣に横たわった磯部に軀を寄せ、体温で温め合う。

海野たちが人質になって、六日目になる。

ＧＰＳや磁石は取り上げられたので、現在地ははっきりしないが、トルコからだいぶイラク領に入った山中に居る。この付近は元々クルド族の支配地域だったが、今は過激派イスラム国の支配下に変わったらしい。さほど遠くない地にいるイラク軍も、わざわざこの山中にまで兵を送ってくることはない。この山中でも日本の四国ほどの広さはある。

隣の磯部純治がうめき声を立てた。磯部はゲリラたちと遭遇した時、咄嗟に海野を守ろうとして銃を抜いた。そのため、自動小銃の一連射を浴び、銃弾が腹部や胸部を貫通し、瀕死の重傷を負った。いま生きているのが不思議なほどの重傷だった。磯部の軀は熱く火照っていた。

「おい、磯部。しっかりしろ」

海野が磯部の額にあてた布切れはすっかり乾いていた。水筒を振った。少しばかり水音がする。水筒の蓋を取り、布切れに注いで、濡らした。額に手をあてると、火のように熱かった。唇が乾いて白い皮がむけ、ひび割れていた。

「み、みずを……」

海野は濡れた布切れで磯部の唇を拭った。水を飲ませてあげたいが、飲ませれば確実に死が訪れる。助けが来ないのなら、いっそのこと、磯部に末期《まつご》の水を飲ませて死なせてやりたいとも思う。だが、必死に生きようとしている磯部の生命を、自分の手で無理遣り断ち切るのは忍び難かった。たとえ千分の一、万分の一であっても、まだ生きるチャンスがあるなら、生かしてあげたかった。いま救援のヘリが来て、助けだされれば……。しかし、いくら耳を澄ましても、ヘリのローター音は聞こえなかった。

もう一人の部下、米倉悟郎はまだ帰ってこない。やつらは米倉を拷問で責め立てているのだろう。海野は唇を噛んだ。米倉、どうか、死なないでいてくれ。がんばれるだけがんばるんだ。

いよいよ、駄目だと思ったら、奥歯に仕込んである毒酸カプセルを噛み締めれば、楽に死ねることになっている。

だが、瀕死の磯部でも、カプセルを噛み砕かずに、必死にがんばっているのだ。米倉もなんとか耐えてくれ。海野は心から祈らざるを得なかった。

最後の通信は、どうにか、サテライトに乗せて送った。われわれが囚われの身になったという暗号を、通信基地が受け取ってくれれば、すぐにMに知らせてくれる。そうすれば、必ずMは我々を助けるために全力を尽くしてくれる。

調査の目的は完全には果たせなかったものの、生きて帰れば、まだ報告していない重要な情報をMに知らせることができる。祖国日本のために、愛する家族や同胞のためにも、何としても自分たちの誰かが生き延びて、これから起こる事態を知らせねばならない。

また磯部が苦しそうに呻いた。

「磯部、生き延びろ。なんとしても、生き延びろ。それが、おまえの使命だぞ」

磯部は瞬きし、うなずいたような気がした。磯部の腹部や胸部を覆った繃帯は、どす黒い血糊で汚れ、ぱりぱりに乾いている。しつこい金蠅銀蠅が血を舐めようと追っても追っても繃帯に集まってくる。

外で岩場を歩く足音が聞こえた。何かを引きずっている。海野はテントの出入口を睨んだ。テントの前が開き、血まみれになった米倉悟郎が転がり込んだ。海野は急いで米倉を抱き起こした。米倉の両手の指が血で汚れていた。いずれの指も生爪が剝がされていた。海野は畜生と唸った。

「米倉、しっかりしろ」

「……何も喋らなかった」

南瓜《かぼちゃ》のように腫れ上がった顔が歪んだ。

「分かった。きっと味方が救いにくる。必ず来る。そうしたら、こいつらを叩き潰してやる」

海野は日本語で囁いた。迷彩服を着た髭面の男が海野に銃を向け、鋭い声を上げた。

「喋《シャラップ》るな！　次はおまえだ。出ろ」

フランス語訛りの英語だった。顔付もアラブ人ではない。青い目をしている。

海野は米倉を地べたに下ろした。米倉の顔が笑い、血だらけの親指を立てた。海野はうなずき返した。

二人の大柄な男がテントに入り、海野の両脇を摑んだ。

「離せ。俺は一人でも歩ける」

海野は二人の手を振り払った。男たちは海野の躰をテントの外に突き飛ばした。海野は勢い良く岩場に飛び出し、蹴躓いて転がった。外にいた迷彩服の男が海野に飛び掛かり、腕を捻上げた。髭面たちはげらげら笑った。海野はたちまちロープで縛り上げられた。

「おまえたち、アラブ人ではないな。雇われ外人か」

「イスラムに国境はない。おれたちはイスラム人だ」

男たちはせせら笑った。

男たちは見張り一人を残して、海野を引き立てながら、まだ暗い岩場の小道を歩きだした。辺りには低い丘陵が折り重なるように広がっていた。どこからか、山羊の啼く声が聞こえてくる。

朝日が岩山の陰から昇った。あたりが茜色に輝いた。

海野は小高い丘の上に建った土と石造りの掘っ立て小屋に連行された。斜めに傾いだ木の扉を押し開けた。中にはむっとするような血の臭いがした。

海野は突き飛ばされて、石の床にへたりこんだ。石造りの炉の前には、リーダーの男が座り、部下の男たちと談笑していた。

炉には薪がくべられ、炎の中に真っ赤に焼けた焼きごてがかざしてあった。海野は焼きごてをあてられる恐怖に脂汗をかいた。

部屋の隅から呻き声が聞こえた。暗がりに後ろ手に縛られた人影が転がっていた。姿格好から通訳のハッサンと案内人のマフムードと分かった。彼ら二人も散々に殴られたり、蹴られたりして、拷問されていた。

「こいつらは喋ったが、あんたの部下の日本人たちは、みな立派だな。いくら痛めつけても、知らないとしらを切った。仕方ない。おまえが喋らなければ部下たちを一人ずつ処刑する。時間はたっぷりある。喋るまで痛めつけてやる。覚悟しておくんだな」

リーダーは流暢な英語で言い、どんよりと濁った青い目で海野を睨んだ。海野は、リーダーを見返した。

「やれるなら、やってみろ。いつか必ずこのお返しはする」

「ほほう。気の強い男だな。果たして、その強気がいつまで保つかな」

リーダーは顎をしゃくった。部下の髭面の男たちは海野を引き起こし、木製の椅子に座らせた。ロープで椅子に括り付けた。

リーダーは焼きごてを燃え盛る薪の間から引き抜いた。真っ赤に焼けた焼きごてを海野の目の前にかざした。

「最初から聞かせて貰おうか。おまえたちは、ＣＩＡのスパイだろう？」

「違う。日本の商社マンだ。パスポートを見ただろう。五大陸商会の身分証明書もあったはずだ」

「いや、あんなのはいくらでも偽造できる。おまえたちはスパイだ。おれたちは、おまえたちをずっと見張っていたんだ。おまえたちは、いろんな人物に会い、何かを探っていた。いったい何を探っていたのだ？」

「自分たちは、この地方の資源調査に来ただけだ」

リーダーは頭を振り、真っ赤な焼きごてを海野の顔に近付けた。熱気が海野の顔を火照らせた。

「どこから焼こうか？　まず片目を焼き潰してやろう。それでも喋らなければ、残る目も焼き潰してやる」

海野は顔を背けた。髭面の男たちが海野に飛び掛かり、頭の髪の毛をむんずと摑んで、リーダーの方に無理遣り向かせた。

リーダーは、にやにやと笑いながら、焼きごてを海野の右目に近付けた。海野は歯を食いしばり、焼きごての放つ熱に思わず目を閉じた。

扉が開き、人が入ってくる気配がした。フランス語で、何事か話す声が聞こえた。女の声だった。

「……」リーダーは舌打ちをした。

焼きごての熱が急に離れた。海野は目を開けた。

リーダーの傍らに、頭から黒いブルカを被った女が立っていた。顔の目の部分だけが開いている。大きな目が海野をじっと見つめていた。青い目だ。女もアラブ人ではない。

リーダーは焼きごてを炉の隅に突き刺した。

「おまえは、だいぶ重要人物らしいな」

「……？」海野はリーダーが何を言い出すのか、と見守った。

「イラク政府はおまえたちと交換に、刑務所に入れてある我々の仲間を釈放する用意があるそうだ」

ブルカを着た女は、フランス語で何事かをリーダーにいい、小屋から出て行った。リーダーは部下に顎をしゃくった。ロープがナイフで切られ、海野は両脇を抱えられ、小屋から連れ出された。外はすっかり明るくなっていた。

海野は髭面たちに連行されながら、新鮮な空気を胸いっぱいに吸い込んだ。先刻まで、何も感じなかった空気が、こんなに美味しいとは思わなかった。

海野は丘の陰のテントに連れていかれ、テントの中に放りこまれた。中では、米倉が突っ伏して泣いていた。

「どうした？」

海野は磯部の様子を一目見て、息を引き取ったのを悟った。磯部は虚ろな目を見開いたまま、動かなかった。海野は磯部に屈みこみ、合掌し、しばし黙祷した。それから見開かれた目蓋を指で閉じた。

「この仇は必ずとる。見ていろよ」

海野は磯部の耳元に囁いた。米倉が声をこらして泣いている。

「米倉、どうやら、おれたちが捕まったことを、日本は知ったぞ。もう少しの辛抱だ。

必ず助けが来る」

海野はリーダーをはじめ、誘拐団の一人一人の顔を脳裏に刻みつけた。いずれも髯を生やしたり、覆面をしているが、ヨーロッパから参加している兵員だと分かった。

5

パリ市内
五大陸商会パリ支社オフィス
5月6日　午後一時

遥は、はっとしてまどろみから覚めた。

夢を見ていた。懐かしい父と一緒に、公園を散歩している夢だった。どこの公園だったのだろうか？　池があって、手漕ぎボートが水面に浮かんでいた。日傘を差した母がボートに乗っていて、私に手を差し伸べていた。父が笑いながら、私を高く高く持ち上げて、世界はくるくると回っていた。気が付くと、父はいなくて、恐ろしい闇が目の前に迫っていた。私は淋しくなって、母の名を呼び、父を探しているうちに、目を覚ました。

鈴が鳴っている。それも断続的に。何の呼び出し音だったっけ。

はっとして、辺りを見回した。ガラス張りのコンピューター室の中で、連結した何十台ものコンピューターが静かに検索を続けている。コンソールには、数人のＳＥたちが思い思いの格好で、ディスプレイに向かってキイを叩いたり、マウスを動かし、盛んにクリックをしている。

そのうちの一台のコンピューターの上に掲げられた赤灯が回転し、鈴の音を立てていた。

探り当てたのだわ。

遥は赤灯が回転するコンソールに急いだ。

目の前のディスプレイに、何かが映っていた。点滅を繰り返している。

遥は目を凝らした。

ＥＣＨＥＬＯＮの文字が映っていた。パスワードを要求している。

遥たちは三晩かかって、スーパー・コンピューターを駆使し、とうとう、ＥＣＨＥＬＯＮの防壁を破ったのだ。

遥は、盗み出したＮＳＡ幹部のパスワードを打ち込んだ。

画面は赤色になり、ＡＣＣＥＳＳ　ＤＥＮＩＥＤ（アクセス拒否）。パスワードを受け付けてくれない。

ついで、国防総省の次官のパスワードをキイで叩いた。次官のパスワードを使い、国防総省関連のプロジェクトには、ほとんど入ることができた。

またも、ＡＣＣＥＳＳ　ＤＥＮＩＥＤ。

パスワードは二度までのミスは許されるが、三度目のミスをすると、自動的に防御システムが働き、回路が閉じられる。

遥は卓上電話機の受話器を取り上げた。内線番号を押す。受話器を耳にあてると「早く、早く」と心の中で叫んだ。

『どうした？』香西の声が聞こえた。

「すぐに来て。エシェロンに侵入できた。でも、パスワードが必要なの。それも飛び切りにＶＩＰのパスワードがほしい」

『待て。すぐ行く』

電話が切れた。あいかわらず、エシェロンはパスワードを要求していた。

あたふたと香西衛がやってくるのが、ガラスの窓越しに見えた。遥はキイ・ボードを引き寄せて、キイに指をかけた。

「どうした？」

香西はディスプレイを覗き込んだ。遥は香西にいった。

「これがラスト・チャンスなの。誰かＣＩＡかＮＳＡのエシェロン担当官のパスワードを知らない？　私がこれまで使用していたものは、全部受け付けてくれない」

「こういうこともあろうと思って、ＣＩＡ長官のパスワードを密かに盗ませた」

香西は手帳を開き、ページをくった。

「これだ。ゲヘナ」

「ゲヘナ？」

遥は英語に直して、キイを叩いた。ディスプレイが赤から青に変わった。

窓に「アクセプテド（許可）」の表示が出た。

ビンゴ！　香西は叫んだ。

周囲から、同僚たちが香西と遥のコンソールに集まって来て、ディスプレイを覗き込んだ。検索項目は何かを問い合わせている。

「誰を探るんでしたっけ？」

「アブドッラー・アジズ・アティキ。イスラム国の指導者と見られる一人だ」

遥はキイを叩き、アティキの名前をインプットする。検索のコマンドを押した。赤色から青色に画面が変わり、エシェロンが衛星に問い合わせはじめた。

遥は地球上に張り巡らされたコンピューター・ネットワークに思いを馳せた。いまごろ、天空を飛ぶ人工衛星が、そのネットワークを駆使して、一人の人物を追い掛け、彼がどこにいて、何をしているか、電子の目や耳で、探り出そうとしているのだ。

ディスプレイに表示が現われた。画面一杯に地図が描かれ、その中の一点に箱型のマークがついた。パキスタンの地図だった。

遥は人物調査をクリックした。画面に文字が並んだ。

『アブドッラー・アジズ・アティキ。

特別監視対象者。取り扱い注意。現在地、パキスタン北西部トライバル地域《エリア》ワジリスタン……

男性。サウジ家第五二王位継承権所持者。第一、第二夫人、リアド在住。第三夫人、ジェッダ在住。第四夫人、ドバイ在住。……八男四女。うち、長男、次男がパリ在住。長女はカイロ在住。

衛星携帯電話番号　×××－7391－22758
電子盗聴装置番号　947601…』

遥はマウスをクリックし、画面に目を凝らした。ディスプレイは、まるで回答するのをためらっているかのように、二、三度揺れていたが、また表示が現われた。

現在、監視対象者は、通信会話中。

遥は「傍受」のコマンドを出した。ボリュームのつまみをいじり、人工衛星が通話を拾うのを待った。やがて、甲高いアラビア語で話す声が断続的にスピーカーから流れ出した。人工衛星がアティキの携帯電話の電波を拾って、傍受している。

「なんていっているのです？」

「すぐに訳させよう」

香西は電話機を取り上げ、どこかへの短縮ボタンを押した。ダイヤルする音が聞こえた。相手が出た。

「音声をそちらへ転送する。通訳してくれ」

香西は音声の転送ボタンを押した。

ややあって、スピーカーから同時通訳の声が流れ出した。

『……カセム。それはまずい。人質が一人死んだというのかね』

『あの日本人たちはスパイです。我々の秘匿作戦地域の様子を探ろうとしていた。殺して当然の連中だ。なぜ、人質が死んではまずいのだ？』

海野遥は香西と顔を見合わせた。

「交信相手の身元をエシェロンに問い合わせろ」

「はい。やってみます」

遥はキイを叩いて、アティキの通話相手の検索をはじめた。同時通訳は、アティキとカセムの間のやりとりを瞬時に訳していく。

『……きみたちの代理人として、日本政府に人質五人と引き換えに、英米に囚われになっている仲間三人、イラクに囚われている仲間五人を交換しようと提案してある。我々の側の人質が一人減ってしまっては、要求も弱くなってしまう。きみらの願い通り、身の代金五〇〇万ドルも要求した。日本政府は身の代金五〇〇万ドルを払うから、人質の安全を保障せよといってきている。日本政府はイラクに対するＯＤＡの削減についても、検討する用意があるといってきている。日本政府は英米よりも交渉しやすい。人質がいなくなったり、少なくなれば、彼らは要求にソッポを向く結果になる。……』

「相手局の所在、分かりました」

遥はディスプレイを見ながら叫んだ。香西は身を乗り出した。

「どこだ？」

「北緯37度20分、東経43度10分。イラク領内トルコとの国境地帯。現在イスラム国支配地域です」

遥はディスプレイに地図を映し出させた。

通話が終わった。アティキの声が聞こえなくなった。同時にカセムの声も止んだ。

「ようし、いいぞ。コンピューターにカセムの位置情報を記憶させるんだ」

「やったわ」

遥はキイを叩いて、コンピューターに記憶させた。香西はきいた。

「エシェロンにカセムの登録はないか、調べてくれ」

「はい」

遥はまたキイを叩き、カセムの名前を入れた。検索のキイを押す。

やがて、ディスプレイにカセムの名前を持った監視対象者の一覧表が映し出された。同じカセムの名前が数十人分登録されている。

「声紋で、どのカセムか特定してくれ」

「了解、声紋で識別させます」

遥がキイを操作し、声紋識別の項目にクリックする。一瞬の間があって、リストが消え、一名だけが画面に残った。

『暗号名カセム。本名ジョーダン・バートウィスル。国籍イギリス。男性。37歳。スンニ派イスラム原理主義者。元イギリス軍特殊部隊中尉。不名誉除隊処分を受けている。

ムジャヒディン戦士団幹部。

同組織は、昨年、過激派イスラム国に加盟。イスラム国の中でも、最過激派である。

……』

「カセムはアラブ人ではないのね。驚いたわ」

「そうか、イギリス人だったのか。それも元特殊部隊員だったとはな。それも将校だったのか。写真はあるかい？」

正面からと横からの写真がついていた。

「ようし、これだ」

香西は電話機を取り上げ、短縮ボタンを押した。すぐに相手が出た。

「イスラム国に拉致された人質の所在が分かった。転送する。遥さん、特戦隊本部へデータを転送してくれ」

「了解」

遥はマウスをクリックし、特戦隊本部にデータを転送した。香西はさらにスマホを取り出し、どこかへのダイヤルを押した。

スマホを耳にあてたまま、香西は中空をじっと見つめた。やがて、相手が出たらしく、ぼそぼそと声をひそめて話しだした。

「了解しました。そちらにもデータを転送します。以上です」

香西は電話を切った。遥は香西にきいた。

「どこへかけていたのです？」

「ボスだ」

「ボス？　誰です？」遥は訝った。

「ボスの本当の正体は分からない」

「香西はにやっと笑った」

「通称Mと呼んでいる」

「これで人質救出の手がかりができた。遥さん、本当にご苦労さん」

香西は上機嫌でうなずいた。警報が鳴り出した。エシェロンの警備システムが作動し、外からの侵入者の追跡が始まったのだ。

「エシェロンとの回路を切ります」

「よし」

香西は名残り惜しそうに画面から消えるエシェロンを眺めていた。

イラク領イスラム国支配地域内
5月6日　〇五三〇時

6

土漠地帯に、また朝が訪れようとしていた。

一色勇人はGPS装置を覗いた。GPSをとんとんと叩いた。すでに廃棄された民間飛行場に着いているはずだった。だが、見渡すかぎり、石ころや土漠が拡がっていて、どこにも飛行場の滑走路跡のようなものは見当らなかった。

GPSが墜落のショックで、壊れてしまったのだろうか？

一色は舌舐めずりをした。水筒は空になっており、振ると内部で砂の音が聞こえた。バッグから、乾パンの最後の一切れを取り出し、口の中に頬張った。少しばかり塩気があり、じんわりと唾が湧いてくる。空腹で、腹の皮が背骨にくっついてしまいそうだった。

灌木の陰に何か動くものが目に入った。一色はすかさずナイフを手に動くものに突進した。砂の上を巧みに躰をくねらせながら、砂漠色の蛇が逃げていく。

一色は最後の力を振り絞って蛇に向かって駆け寄った。蛇は動きを止め、振り返って三角形の鎌首を上げ、ちょろちょろと黒い舌を出して威嚇した。三角形の頭は毒蛇であることを意味している。一瞬、一色はひるんだ。その隙に蛇は砂の山の中にさっと姿を隠してしまった。一色は、その巧みなカモフラージュに舌を巻いて、蛇を見送った。

代わりに、砂漠色にカモフラージュしたトカゲが岩陰に姿を見せた。一色は躊躇せずに両手でトカゲを捕まえた。ナイフで、頭を突き刺し、止めをする。それから、おもむろにナイフの先を腹にあてて裂いた。ざらついた感触の皮膚を引きむしって、トカゲを丸裸にした。赤い筋肉だけになったトカゲにかぶりついた。

トカゲの肉は蛇に比べて量も少ないが、臭みが少ないので、生でも食べやすい。一色はトカゲの肉を食い千切りながら、辺りに気を配った。

どこかで地響きのような音が聞こえたような気がした。一瞬のことだったが、空気が震えたのだ。

一色は溜め息をつき、食べ残したトカゲの肉塊を地べたに放り投げた。灌木の陰に格子戸をはめ込んだ排気孔があるのに気が付いた。灌木の小枝についた葉が揺れている。一色は格子戸に顔を寄せた。ほんのりと風が出ていた。

地下軍事基地施設？

イスラム国の秘密の地下基地がこの下にあるというのか？　おそらく旧イラク軍施設をイスラム国のテロリストたちが接収したのにちがいない。

一色は排気孔に顔を押しつけた。かすかだが、地鳴りのような音が響いている。発電機の音のように思えた。

滑走路は見当らないが、一色が立っている場所から真東の方角になだらかな屋根状の土盛りらしいものがある。排気孔さえ見なかったら、普通の丘陵としか見えない起伏だが、その丘状の盛り土だけが、ほかの地べたとは違う土色をしている。

一色は急いで、丘の上に登ってみた。丘の反対側に、瓦礫となった廃墟があった。あれが、飛行場の建物だったのかもしれない。大地に耳を押しつけると、地べたの下から機械の唸るような音が響いてくるのが分かった。

基地との最後の通信では、この飛行場跡に、救援ヘリが飛んでくることになっていた。そこに過激派イスラム国の秘密基地があるとなると、非常に危険な事態になる。地上に降りてくるヘリを探知したら、テロリストたちは対空ミサイルを発射する。友軍機は撃墜される恐れがある。そんな場所に友軍機を呼び寄せたくない。

一色はまた岩陰に網をかけてカモフラージュした排気孔を見付けた。その網をめくり、鉄格子の蓋を動かしてみた。力一杯、格子を持って引っ張ってみると、格子の蓋は簡単に外側にずれた。人ひとりが潜り込めそうな排気管が奥に伸びていた。

一色は昇ってくる太陽に目をやった。このまま日陰のない場所にいれば、熱射病になる。思い切って、一色は排気孔に足から潜り込んだ。

排気管は斜め下方に伸びており、入り口にかけた手を放すと、ずるずると管の内部をずり落ちていきそうだ。

また大きな地鳴りのような音が響いた。一色は排気孔から顔だけを出して、何が起こったのか、見極めようとした。ちょうど丘の頂上付近で、地べたがゆっくりと盛り上がっていく。観音開きになった扉がゆっくりと左右に開いていく。開いた扉から、迷彩砂漠色の戦闘服姿のイスラム兵たちが、いっせいに外に走り出て散開した。

開いた戸口から、三発の対空ミサイルの弾頭が顔を見せた。三発のミサイルは、ゆっくりと向きを変え、南東の方角の空を睨んだ。どこからか、ローターの音が響いてくる。

一色は足を突っ張り、排気管の中にずり落ちないようにしながら、胸のポケットに仕舞ってあった緊急用無線機を取り出した。イヤホーンを耳に挟んだ。スウィッチを入れると、一色を呼ぶコールサインが聞こえた。

『サム……応答せよ。サム、応答せよ』

「こちら、サム。危険だ。敵ミサイル基地あり。引き返せ」

一色は小声でマイクに囁いた。電池の電力が弱いせいなのか、雑音が入って、相手の言葉が聞き取りにくい。

『こちら、救援ヘリ。サム、聞こえるか？』

「聞こえる。救援ポイント近くに敵地下軍事施設あり。引き返せ。至急に引き返せ」

『サム、いるのか？　……無線の受信状態が非常に……い。どこにいるか知らせよ』

「危険だ。引き返せ」

『聞こえない！　……サム、……救援ポイントに向かう。発煙筒で位置を知らせ……』

「駄目だ。引き返せ」

爆音が聞こえた。低空でヒューイUH−1Jヘリとスーパーアパッチ攻撃ヘリが飛んでくる。

友軍機を危険に陥らせたくない。いったん入りかけた排気管から這い出て、一色はサバイバル・バッグの中から発煙筒を取り出した。灌木の陰に隠れ、黄燐マッチを擦った。たちまち黄燐に火が点き、発煙筒に引火した。

もうもうと黄色の煙が吹き上がった。黄色は敵がいるという標識だ。一色は発煙筒を手に立ち上がって左右に振りはじめた。

いきなり、丘の下から銃声が起こった。一色は発煙筒を投げ出し、大地に身を伏せた。イスラム兵たちが、丘の上に駆けあがってくる。

一色は思い切って排気管に飛び込んだ。斜めになった排気管の中を一気に滑り落ちる。一色は躰を丸めた。排気管は途中から水平になり、ようやく躰が落ちるのが止まった。

排気管の入り口の方から、ミサイルの重々しい発射音が聞こえた。続いて、連続して爆発音が起こった。機関砲や自動小銃の銃声がひとしきり鳴り響いた。

一色は排気管を這いながら、真っ暗がりの中を進んだ。やがて、風を切る音が聞こえ、前方に換気扇の回る音が迫ってきた。

また連続して爆発音が轟き、大地を大きく揺さ振った。何かが爆発した。瞬間、砂混じりの爆風が換気扇の向こう側から吹き寄せた。一色は思わず、顔を手で覆い、排気管の床に突っ伏した。

換気扇が壊れて、一色の躰にぶちあたった。一色は換気扇の鉄の固まりと一緒に排気管の壁に叩きつけられ、目がくらんだ。そのまま、一色は真っ暗な奈落の底に落ち込んでいった。

7

クルド共和国首都キルクーク郊外油田地帯
5月6日　二三〇〇時

川沿いのオアシス樹林地帯には、殺気が漲《みなぎ》っていた。自影が樹林の梢越しに拡がる土漠を照らしている。いつのまにか、樹間の鳥の気配が鎮まっている。

河川の対岸はイスラム国の支配地域だ。川は水量が少なく浅瀬を渡るのは容易だった。

河岸に設置したいくつかの赤外線感知センサーが複数の侵入者の存在を探知している。敵が浅瀬を渡り、こちらを窺っているのだ。それだけでは、まだ発砲するには早すぎる。国連多国籍軍の交戦規定では、敵が明らかに河川を越えはじめたら、警告の威嚇射撃を行ない、なおも越境を止めない場合に、総攻撃を行なって撃退すると定めている。敵が引き揚げた時は追撃せず直ちに攻撃を停止するとなっている。

金城明《きんじょうあきら》3等陸佐は樹林の空き地に潜ませた82式指揮通信車の背後に隠れながら、

額の汗を拭った。82式指揮通信車は砂漠色にカモフラージュしてある。背後の扉は開かれ、車内に乗り込んだ本部要員がコンピューターを操作していた。発電のためエンジンがかすかにアイドリングをしている。

暗視スコープには月光に照らされた対岸の岩だらけの土漠が見える。

確実に向かいの岩の陰には敵が潜んでいる。その殺気がひしひしと伝わってくる。

金城3等陸佐率いる第1中隊と施設中隊、戦車小隊、重迫小隊は、じりじりと迫ってくる敵部隊を迎え撃つため、こちら側の岸の樹林の中に散開していた。

周辺の樹間や草地には、巧みに偽装した90式装輪装甲車、89式装甲戦闘車が潜んでいた。戦車小隊の10式戦車四輛も、樹林の後ろの砂地に車体をハルダウンさせ、夜陰に姿を溶け込ましている。

今回の敵は、これまでと様相が違っていた。まず移動速度が非常に早く、しかも組織だっている。偵察機によれば敵部隊は停戦境界線の十キロメートル手前まで装輪装甲車や装甲兵員輸送車を使用し、そこから部隊は徒歩で土漠を移動し、対岸に展開した。偵察機の撮影した映像によると、戦闘車両は緩衝地帯の手前八キロメートル付近で停止したまま、待機していた。八キロメートルの距離は、装輪装甲車や歩兵戦闘車ならば、偵察機によれば十分とかからずに踏破できるはずだ。

敵は偵察衛星の空からの監視を熟知していて、衛星の周回時刻には、巧みに車両を偽装して隠し、行動を秘匿していた。越境偵察している味方の偵察隊によれば、高度に訓練された自動車化歩兵部隊、または特殊部隊ではないか、ということだった。それも大隊から連隊規模の部隊と見られ、数の上でいえば、金城3佐が率いる1個中隊の兵力や1個戦車小隊程度の戦力では、対抗できる敵ではない。

イスラム国部隊は、占領したイラク軍軍事施設から多数の軍用車輌や近代兵器を押収しており、シリアの反政府勢力、アフガニスタンのタリバン兵や欧米諸国の義勇兵も加わって軍団を編成している模様だった。

特に欧米諸国からのイスラム義勇兵は旧軍人が多く練度も士気も高かった。

対岸に展開するイスラム国軍は重火器や戦車まで備えている。

これは本格戦争ではないか。

金城は溜め息をついた。喧嘩を止めに入ったのに、いつのまにか、自分たちも喧嘩の当事者になりつつある。これで本当に平和執行活動といえるのだろうか？

金城の属する陸上自衛隊第八師団第42連隊戦闘団は、国連の要請に基づき、国連PKF日本部隊として、クルド共和国に派遣されていた。クルド共和国はイラクやトルコ、シリア、イランにまたがるクルド人たちの民族独立国家として創設され、国連の承認を得たばかりだった。イスラム国は、それを認めず自らの支配下に置こうとクルド共和国に攻撃をかけた。いまはクルド共和国の領土の三分の一を不法占領していた。

国連安保理はイスラム国を認めず、クルド共和国へのテロ攻撃だとして非難、ＰＫＦ部隊の派遣を決めた。日本はアメリカの要請もあって自衛隊のＰＫＦ派遣に応じていた。

42連隊戦闘団は、第42機械化普通科連隊を基幹とし、特科大隊、戦車中隊（3個戦車小隊）、施設中隊、ヘリコプター輸送中隊、通信支援合通小隊、武器直接支援小隊、衛生小隊、緊急車分隊各1個から編成された実戦的な戦闘部隊である。4個機械化普通科中隊を基幹とした総員二〇〇〇人の兵力である。日本から派遣された陸自部隊は第42連隊戦闘団だけで、ほかには日本人文民警察官二〇人、日本人国連ボランティア三〇人となっている。

第42連隊戦闘団が派遣された目的は、クルド共和国の平和維持だったが、いまはふたたび侵入してくるイスラム国軍を押し返し、クルド共和国の独立と治安を守る任務に変わっていた。新設したばかりのクルド政府軍はまだ訓練不足と装備不足のため、イスラム国軍を押し返す力はなかった。

そのためクルド政府軍が十分に外敵に対処する力ができるまで、国連ＰＫＦ部隊が駐留し、軍事支援することになったのだ。

　クルド共和国への派遣された国連ＰＫＦ部隊は当初、アメリカ軍を主力に、イギリス軍、オランダ軍、フランス軍、ドイツ軍、オーストラリア軍、ニュージーランド軍など西側諸国の軍だったが、イスラム世界の反発は強く、漸次撤退し、韓国軍、台湾軍など仏教国軍が主力になっていった。結局、いまでは、日本部隊二〇〇〇人、韓国軍二〇〇〇人、イギリス軍グルカ兵部隊七〇〇人、フランス外人部隊七〇〇人、オランダ軍七〇〇人のほか、中国軍、タイ軍、シンガポール軍、フィリピン軍、ヴェトナム軍など各六〇〇人が駐留していた。

「中隊長、本部から連絡です」

　通信兵が暗がりの中を這うようにして近付き、受話器を差し出した。金城はヘルメットを押し上げ、受話器を耳にあてた。

『状況を知らせ？』

「敵は大隊規模のイスラム国部隊の模様。万が一、交戦になった場合、わが中隊だけでは、敵の撃退は困難です。至急に支援を願いたい。送《おく》れ」

『了解。直ちに清水中隊を向かわせる。福田中隊も移動中だ。交戦になったら、全力をあげて、支援部隊が着くまで、敵を食い止めてくれ。フランス空軍に、ＣＡＳ《キャス》（航空支援）の準備も要請した。貴官からの要請次第に、空からの支援攻撃が可能だ。送れ』

大隊規模というと六〇〇人から八〇〇人の兵員の部隊だ。

「上空にフクロウを出してほしい。送れ」

『了解。すぐに上空にフクロウを飛ばす』

「了解。通信終わり」

無線通信が切れた。フクロウは無人偵察機グローバルホークの暗号だ。

連隊本部は十キロメートルほど後方の油田地帯に陣取っていた。そのさらに後方二〇キロ付近に、特科大隊の一五五ミリ榴弾砲が砲列を敷いている。

清水3等陸佐の率いる第3中隊は戦術予備として連隊本部に控えている部隊だ。オスプレイ飛行隊が第3中隊を空輸するから、こちらは十分で駆け付けてくる。

福田1等陸尉の率いる第2中隊は南に二〇キロメートルほど下がった土漠に駐屯していた。ここへ駆け付けるには、土漠の悪路を通らねばならないので、いくら高機動車や90式装輪装甲車で急いでも小一時間以上はかかる。

ちなみに坂東3佐の率いる第4中隊は、金城中隊から北二〇キロメートル付近に布陣しており、さらに三〇キロ前方のイスラム国内深くに布陣するフランス軍外人部隊を支援する位置にいる。いつ何時、フランス軍からの要請があるか分からないので、いまのところ動けない。

金城3佐はブルーヘルメットを押し上げ、指揮通信車の陰から据え付け型暗視鏡で川の向こう岸を窺った。河原の幅は、およそ五〇〇メートルほど。その中央をおよそ五〇メートルほどの川が流れている。岩だらけの土漠の先に、鉢を伏せたような丘陵が見える。

東の空にかかった三日月が、荒れ地を青白く照らし上げていた。

こちら側の岸には、三重の鉄条網が張り巡らしてある。鉄条網の前面には地雷が埋めてあるので、容易には敵が侵入できないようになっている。

副中隊長の森1等陸尉が、散開が終わったと知らせた。

「敵兵を、感知。スリバチ山の南山腹を移動してます。河原までの距離1500」

コンピューターのディスプレイを覗いていた要員が告げた。敵対地区に仕掛けたセンサーでは、中隊規模のイスラム兵部隊がスリバチ山の山腹を巡るように移動しているのだ。スリバチ山は金城たちが作戦上、勝手に名付けた高地の名前だ。金城は口元の無線マイクにそっと囁いた。

「キツネはどうか?」

『キツネからヒヨドリへ。中隊規模のイスラム兵、Dポイント前を通過。送れ』

右翼前方、スリバチ山の山腹に潜んでいる偵察員からの応答が返った。要員がマウスを動かし、コンピューターのディスプレイにデータを描きこんだ。

「ネズミは？」

『ネズミからヒヨドリへ。敵本隊、視認。大隊規模が正面に移動中。土漠の奥からカメのエンジン音が聞こえる。送れ』

左翼前方にいる偵察員が囁き返した。金城は緊張した。カメは歩兵戦闘車や装甲車、戦車の暗号だ。いよいよ敵が本格的に動きだした。

「カメの種類は？」

『まだ視認できず。いまのところ不明。先頭車両の影が見えた。歩兵戦闘車と見られる。送れ』

「了解。クマ？」

『クマからヒヨドリ。中隊規模のイスラム兵がMポイント通過。全員徒歩』

「よし。引き続き監視せよ」

金城はコンピューターのディスプレイに目をやった。敵は本隊と、左翼隊、右翼隊の三梯団に分かれて、刻々と川に迫っている。そのまま停止しなければ、確実に交戦となる。

金城は指揮通信車の背後から出て、口元のマイクで、各小隊長、分隊長に敵の進攻方向を告げた。

「全隊、戦闘用意。河原のキルゾーンに入ったら、重迫小隊は直ちに砲撃を開始せよ。特科の砲撃も開始する。戦車小隊、装輪装甲車、各隊員は合図を出すまで待機。敵が川を越えはじめたら射撃を開始する」

『ムクドリ、了解！』『タカ、了解』『ワシ、了解』『……』

イヤホーンを通して、暗がりに散開した各小隊長からの応答が返った。周囲の樹間や装輪装甲車の陰に、戦術予備の本部中隊の隊員たちが、息を殺して潜んでいる。

金城は特科大隊の連絡将校の中野2尉に命じた。

「支援砲撃用意！　対岸キルゾーンの敵を狙えといえ」

中野2尉が無線機のマイクに囁いた。

「344、345、466、467に着弾地点を変更。……砲撃準備し待機」

首筋や目元に、うるさく蚊がまとわりついてくる。虫避けクスリをまんべんなく肌に塗り付けてあるが、汗をかくので、あまり効果がなかった。

森1尉が金城を振り向いた。

「偵察員から報告。敵工兵、河原の左翼前方に入りました。地雷原の啓開に取り掛かった模様」

「中央前方は？」

「敵兵発見。匍匐《ほふく》前進をしています」

据え付け型暗視鏡を覗いていた要員が小声で告げた。

金城は暗視双眼鏡を覗いた。岩石の間に隠れて、よくは見えないが、敵兵の人影が匍匐前進で、河岸から河原に乗り出したように見えた。

金城はハンド・シグナルで、部下たちに「射撃用意」の合図をした。

「フクロウ、来ました」

先任下士官の飛騨《ひだ》陸曹長が上空を指差した。上空に蜂が唸るようなプロペラ音が聞こえた。連隊戦闘団本部から飛来した無人偵察機グローバルホークだ。

「操縦を引き継いで、誘導しろ」「了解」

通信兵の陸士長が叫んだ。陸士長のコンピューター・ディスプレイに無人機の撮影した地上の映像が青白く浮かび上がっていた。無人機に搭載されている赤外線暗視装置が働き、土漠にうごめく敵工兵隊の動きをはっきりと捉えていた。すでに河原の地雷原に、十数人の人影が点々と張りついていた。後方から地雷原啓開のための爆薬筒が何本も運びこまれている。左翼防衛線の手前では、河原の中程にある鉄条網まで、あと数メートルに迫っている人影があった。

「なんてこった！　いつの間にか、あんなところまで、来ているぞ」

森1尉が声を上げた。

通信兵が遠隔操縦装置のジョイス・ティックを巧みに動かし、無人機をここかしこへ移動させて、敵兵の潜む位置を暴いていく。

「照明弾、発射！」

通信兵は復唱し、ボタンを押した。上空に花火のような光が花咲いた。あたりが白日のような光に照らされた。

金城は森1尉に合図をした。部下の一人がマイクを手に話しだした。

『緩衝地帯への侵入者に警告する。直ちに緩衝地帯から撤退しろ。こちらは国連ＰＫＦ日本部隊だ。警告を無視して撤退しない場合は……』

岩の上に設置したスピーカーから、大音響でアラビア語による警告が流れ出した。

『直ちに引き揚げよ。きみたちはクルド共和国領を侵犯している。この警告に従わない場合は、安保理決議により、攻撃を行ない……』

いきなり、向かいから激しい銃声が起こった。敵の銃弾が金城たちが隠れている岩場に浴びせ掛けられた。自動小銃の一斉射撃だった。

金城はヘルメットを抱えたまま地面に突っ伏した。辺りの叢木や装甲車の壁面に銃弾が当たり跳弾となって飛んだ。枝や幹が薙ぎ倒される。

「重迫、撃て！」

金城は怒鳴った。後方に控えた重迫小隊から八一ミリ迫撃砲弾が頭上を飛来していった。続け様に向かい側の岸や河原に着弾して白煙を上げた。弾かれるような爆発音が連続した。同時に敵の反撃も始まった。スリバチ山の方角で閃光がきらめき、周囲にも迫撃砲弾が炸裂しはじめた。たちまち、あたりは爆風と硝煙が吹き荒れた。

金城は中野2尉に怒鳴った。

「特科、特科。砲撃せよ！」

「砲撃開始、砲撃開始！」

中野2尉が無線機にがなった。

ほどなく頭上をシュルシュルと空を切って特科の一五五ミリ砲弾が飛来した。初弾がつぎつぎに緩衝地帯の縁付近に着弾する。黒煙が吹き上がり、土砂や小石が吹き飛んだ。

突如、こちら側の河岸の味方陣地に凄まじい爆発が連続した。お返しのような砲撃だ。

「敵襲！　ロケット弾だ」

みんな一斉に伏せたり、土嚢の陰に隠れた。どこから飛んで来るのかカチューシャ・ロケット弾がつぎつぎと火矢となって降り注ぐ。土砂が舞い上がり、装輪装甲車の壁面に降り掛かる。樹木が直撃弾を受けて根元から薙ぎ倒され、幹が引き裂かれた。直撃を受けた装輪装甲車の増着アーマーが反応して小爆発する。

唸りを上げて、至近弾が金城の土嚢の正面で炸裂した。金城は至近弾の爆風を受けて、激しく背後の大地に叩きつけられた。

「衛生兵！　来てくれ」「負傷者が出たぞ。衛生兵」

あちらこちらから声が上がった。照明弾の白日の下、静かだった緩衝地帯は火花や火炎の吹き荒れる嵐に襲われたようだった。

「隊長！　しっかりしてください」

金城は激しく揺すぶられ、気を取り直した。頭を強打したため、一瞬気を失いかけたらしい。金城は必死に遠退きかけた意識を奮い起こした。森1尉が覗き込んでいた。

「大丈夫だ。敵は？」

金城は身を起こした。照明弾が切れ、辺りが暗くなってくる。近くの七・六二ミリ機関銃座から間断なく発射音が響いてくる。猛烈な特科の一五五ミリ砲弾が前面の緩衝地帯一帯に炸裂していた。白煙、黒煙がもうもうと立ち籠めている。敵は煙幕弾を撃ち出したのだ。真っ黒な煙幕が河原一帯に拡がりだしていた。

西側の河岸でも続け様に爆発が起こった。黒煙が上がり、土くれや草木が吹き飛ばされて舞い上がった。誘爆した対人地雷が大音響をたてて弾け飛んだ。

金城は指揮通信車に入りこんだ。

味方の特科大隊の砲撃が続いていた。ディスプレイに向かい側の森の中につぎつぎに爆発が起こり、黒煙が上がるのが見えた。一五五ミリ砲弾が頭越しに空を切って飛び、着弾とともに炸裂しては草や樹木を薙ぎ倒し、土砂を辺りに撒き散らす。

「着弾点修正。右に二〇。手前に一〇。撃て」

中野2尉が無線機に指示する。照明弾がつぎつぎに打ち上げられ、夜空に輝いた。

森1尉が怒鳴った。

「隊長！　敵兵、河原に突入した！」

フクロウが地雷原を啓開した緩衝地帯にぞくぞくと侵入してくる姿をディスプレイに映し出した。同じ画像は連隊戦闘団本部にもリアルタイムで映し出されている。

すでに先頭の敵兵は鉄条網の根元に散開し、今度は鉄条網を壊しにかかっていた。

金城はディスプレイを見ながら、つぎつぎと口元のマイクに命じた。

「敵が鉄条網に到達した。全隊、射撃開始せよ」

一斉に味方陣地から射撃が始まった。耳をつんざくような爆発音があいついだ。

『ムク了解』本間3尉の落ち着いた声が返った。

「タカ、左翼のムクを支援しろ」

『タカ、了解』梶3尉の応答が聞こえた。

「ワシ、前方左翼の敵に擲弾筒を撃ち込め」

『ワシ、了解』持田3尉の声も落ち着いている。

「本部中隊は前方の敵の動きを警戒しろ」

正面の敵本隊はまだ動いていない。砲兵隊の砲撃が集中的に正面の敵のいる付近に着弾しており、敵も動きが取れないのだろう。

不意にディスプレイが消え、ノイズだらけになった。通信兵がつまみをいじり、ディスプレイの画像を出そうとした。頭上のローター音が消えていた。

「畜生。隊長！　フクロウ被弾、飛行不能」

通信兵の叫びと、向かいの森に火だるまになった無人ヘリコプターが墜落するのが同時だった。

「隊長！　フクロウが撃墜されました」

　金城は車内から外に出た。

　飛驒陸曹長が部下たちを叱咤激励しながら、八九式小銃を乱射している。装輪装甲車の機関銃座から一二・七ミリ重機関銃が腹にこたえる重厚な発射音をたてている。双方から撃ちだされる曳光弾が花火のように夜空に飛び交った。

　銃弾が跳弾となって、空を切った。金城は土嚢の陰から据え付け型暗視鏡を覗いた。真っ黒な煙幕の中でも、赤外線パッシブ暗視装置は敵の姿をくっきりと映し出す。敵兵が鉄条網の下を必死に爆破しようとしていた。

「戦車小隊、射撃開始！」

　金城は怒鳴った。満を持してハルダウンしていた戦車も一斉に砲撃を開始した。重々しい発射音をたてて一二〇ミリ戦車砲が吠える。それに応じるように、また頭上から迫撃砲弾やロケット弾が降り注ぎ、戦車や装輪装甲車の周辺に着弾した。

　樹林に潜んだ左翼防衛線の味方からも一斉に応戦が開始された。一連射が頭上を襲った。七・六二ミリ機関銃が吠えた。装輪装甲車の擲弾筒が連続して投射され、河川の向こう側で爆発があいついだ。こちら側にも敵の擲弾筒が降り注ぎ、四方八方で土砂を舞い上げる。

「ミサイル接近！」

レーダー要員が叫んだ。ほとんど同時に、火矢が間近の装輪装甲車に命中した。装輪装甲車は増着アーマーが働かず爆発して炎上した。

「畜生！　敵は正確にこっちの居所を嗅ぎ付けているぞ」

『ムクからヒヨドリ。支援砲撃を頼む。敵は中央の鉄条網を突破した。倒しても倒しても死体を乗り越えて攻めてくる。……』

本間3尉の悲鳴のような声がイヤホーンに聞こえた。金城は中野2尉にがなるようにいった。

「特科、左翼防衛線の前の敵を叩け！」

「しかし、河原の地雷原を誘発させてしまいます」

「構わん。このままでは鉄条網を突破されてしまう。鉄条網と一緒に吹き飛ばすんだ」

「了解。本部、本部。着弾修正。ゾーン３４１、３４０を叩け。至急だ」

今度は味方特科部隊の一五五ミリ砲弾の嵐が左翼防衛線の前に集中した。鉄条網もろとも、敵兵を引き千切り、粉砕するのが見えた。

「カメカメ！　敵のカメが来る」

暗視装置を覗いていた要員が叫んだ。

「どこだ?」

「正面対岸。距離八〇〇。スリバチ山の陰から出てくる。カメの数は十輛!」

金城は叫んだ。飛驒陸曹長ががなった。

「中MAT発射用意!」

装輪装甲車の車載中MAT戦車誘導弾発射装置に要員が飛び付いた。土嚢陣地からも中MATの発射装置が用意される。

「ようく狙って撃てよ。十分に敵を引き付けるんだ」

飛驒陸曹長は近くにいた中MAT要員のヘルメットをこつんこつんと叩き回った。

一層、敵の銃撃が激しくなった。重々しいエンジン音が聞こえる。

「敵が来るぞ! 無駄弾にするなよ。ボーナスから差っ引くぞ。相手を人間と思わずに撃てよ。いいな」

飛驒陸曹長のがなり声が轟いた。本部中隊、第1中隊の隊員たちが煙幕の中に猛然と銃弾を叩きこんでいる。

「照明弾発射!」

金城は叫んだ。要員がつぎつぎに照明弾を射ち上げた。天空に白日が輝き、あたりが白昼さながらに明るくなった。黒煙の煙幕にまだ味方の砲弾が炸裂している。それでも敵は撤退する様子もない。

なんてやつらなのだ！

「本部に状況報告。至急に支援を頼め」

金城は無線兵に怒鳴った。

このままでは防衛線が崩壊する。

金城は心底、恐怖がこみあげてくる。あんな砲弾の炸裂する中を、どうして攻撃してくることができるというのか？

前方の煙幕からイスラム兵の喚声が上がった。

「アッラーアックバル！」「アッラーアクバル！」

神は偉大なり。神を讃える喚声だった。黒煙の煙幕の中から、ついに黒々とした装甲車が鉄条網を乗り越えて現われた。

重機関銃を発射しながら、何輌もの装甲車が全速力で突撃してくる。その背後から、ライフル銃を構えた兵士たちが喚声を上げて突撃してくる。

「野郎ども、大和魂を連中に見せてやれ！」

「撃て！」

金城は命じた。同時に対戦車誘導弾が白煙を上げて前方に飛翔した。八九式小銃が一斉に火蓋を切った。イスラム兵がばたばたと倒れていく。誘導弾がつぎつぎに命中し、先頭を走っていた装甲車が爆発して炎上した。地雷が爆発して、装甲車が持ち上がり、横転する。イスラム兵はなおも突進してくる。みな踊るようにして、喜び勇んで死に向かって駆けてくるように見えた。

いきなり、右側から銃声が響いた。しまった、と金城は振り向いた。防衛線が破られたのだ。

側面を突かれ、味方の兵士がばたばたと負傷していく。また一連射が指揮通信車を襲った。金城は指揮通信車の扉を閉じた。閉じた扉を叩いて、跳弾が過った。敵は指揮系統の制圧を狙っている。

「右側に敵！　森、本部中隊を率いて背後を守れ！」

「了解！　本部中隊！　俺についてこい！」

森1尉はがなり、自ら八九式小銃を手に背後の油田地帯に向かって駆けた。途中数人の兵士がばたばたと銃を手に駆けていく。背後でも激しい応戦が始まった。

「隊長！　敵がなお攻めてきます！」

悲鳴のような声が上がった。正面の敵兵は倒れてもまた起き上がり、よろめきなががらも突撃してくる。隊員たちが目を瞑《つむ》るようにして、銃弾を浴びせ掛ける。

敵の車両は半数以下に減っていた。だが、なおも機関銃を発射している。ハルダウンした10式戦車の一二〇ミリ砲が連続して発射音をたてた。装甲車に命中し、何台もの車両が炎上爆発して擱座した。それでも敵の装甲車は突進し、緩衝地帯を突破して、味方の陣地に突進してくる。

それらの装甲車もつぎつぎに対戦車砲や誘導弾、地雷の餌食になって炎上した。一台が炎上しながら、味方の装輪装甲車の前に突っ込んで体当たりしてきた。同時に大音響をあげて爆発した。

金城は指揮通信車の陰に隠れて、爆風を避けた。敵装甲車は自爆攻撃したのだ。喚声は弱々しくなった。だが、イスラム兵がなおも執拗に突進してくる。あいかわらず銃声が鳴り響き、敵兵を薙ぎ倒した。

「隊長、応援部隊来ました！」

無線兵が全域に怒鳴るように告げた。

背後からヘリコプターのローター音が轟くのが聞こえた。振り向くと、何機もの大型輸送ヘリコプターＣＨ－47ＪＡが現われ、着陸態勢に入っていた。頭上を過って、護衛のコブラ攻撃ヘリコプターが何機も飛来し、地上の掃討を開始した。ようやく後退しはじめていた敵の装甲車に容赦なくロケット弾が撃ち込まれる。一台、また一台と装甲車が炎上爆発していく。

すでに河原や川に敵兵の動く姿はなかった。黒煙が何十本となく立ち昇り、あたりに死体の焦げる嫌な臭いが漂っていた。

金城は大声で命じた。

「射撃止め！　射撃を止めろ」

背後の畑に着陸した味方の隊員たちが地上に飛び降り、散開している。射撃音は散発的にしか聞こえなかった。

「各小隊、損害報告せよ」

金城はマイクを手にいった。指揮通信車の扉が開いた。

「隊長、連隊本部です」

通信兵が無線の受話器を差し出した。

「金城です」

『よくやった。ご苦労。状況はモニターで見ていた。ひどい戦いだったな』

「これは、どういうことですか？　連中ははじめから死ぬつもりで突撃してきた」

『事態を収拾したら、貴官には司令部に行って貰う。そこで、今回の戦闘について報告してくれ』

「分かりました」

金城は額や首筋の汗を拭った。飛驒陸曹長が部下たちをねぎらう声が聞こえた。

「ようやった。ようく覚えておけ。これが戦争だ。ゲームやコンピューターでの戦争と違うぞ。分かったか！」

金城はまるで悪夢を見ている心地で、燃え盛る戦場を眺めていた。イスラム兵の死体が山となって折り重なっている。

「衛生兵！　まだ生きているやつらを助けるんだ。やつらは敵とはいえ、同じ人間なんだからな。丁重に扱えよ！」

飛驒陸曹長が衛生兵の招集にかかっていた。その声を聞きながら、金城はこの戦いが、まだほんの始まりの小さな出来事に過ぎないのを予感していた。


（第一部　おわり）

本書は、一九九九年十月に中央公論新社より刊行された『黙示録２０１０　ユーラシア大戦Ⅰ　五つの戦場』を改題し、大幅に加筆・修正しました。

なお本作品はフィクションであり、実在の個人・団体などとは一切関係がありません。

文芸社文庫

日本イスラム大戦　Ⅰ 開戦 2021

二〇一五年二月十五日　初版第一刷発行
二〇一五年二月二十八日　初版第二刷発行

著　者　森　詠
発行者　瓜谷綱延
発行所　株式会社　文芸社
〒一六〇－〇〇二二
東京都新宿区新宿一－一〇－一
電話　〇三－五三六九－三〇六〇（編集）
〇三－五三六九－二二九九（販売）

印刷所　図書印刷株式会社
装幀者　三村淳

ISBN978-4-286-16060-3

中谷彰宏
贅沢なキスをしよう。

いいエッチをしていると、ふだんが「いい表情」に。「快感で人は生まれ変われる」その具体例をあげて、心を開くだけで、感じられるヒント満載！

中谷彰宏
全力で、1ミリ進もう。

失敗は、いくらしてもいいのです。やってはいけないことは、失望です。過去にとらわれず、未来から今を生きる——勇気が生まれるコトバが満載。

村上隆英監修　安恒　理
フェイスブック・ツイッター時代に使いたくなる「孫子の兵法」

古代中国で誕生した兵法書『孫子』は現代のビジネス現場で十分に活用できる。2500年間うけつがれてきた、情報の活かし方で、差をつけよう！

本川達雄
「長生き」が地球を滅ぼす

生物学的時間。この新しい時間で現代社会をとらえると、少子化、高齢化、エネルギー問題等が解消される——？　人類の時間観を覆す画期的生物論。

伊藤　翠
放射性物質から身を守る食品

福島第一原発事故はチェルノブイリと同じレベル7に。長崎被ばく医師の体験からも証明された「食養学」の効用。内部被ばくを防ぐ処方箋！